優しい花

坪下 令

Rei Tsuboshita

文芸社

目次

目次

第二部　一九九九年　七月

……美しい「花」がある、「花」の美しさといふ様なものはない……。

小林秀雄「當麻」より

第一部　一九七九年　十月

第一章　王女の誕生日

十月二十七日は〝王女の誕生日〟で今年で十四歳を迎える。〝王女〟とは優花《ゆうか》のことである。

優花には、いつしか「王女」というあだながついた。それは中学一年の時の美術の先生の口癖から来たものだった。その先生は高齢の女性で、優花のことを、なぜか自分の孫のように可愛がり名前を言わずに「王女、王女」と呼んだ。どの王女を指すのかは、はっきりと分からないが、確《たし》かにその美術の先生が言うとおり、優花は中世ヨーロッパ・ルネサンス期の絵画のモデルに出てきそうな、ふくよかで品のある瑞々《みずみず》しい顔立ちをしていた。慎一《しんいち》も二日遅れて、十四歳を迎える。お互い、血液型もO型同士で、どこか相通じるものがあった。慎一は、以前から優花に対して、強く好意を持っていたので、誕生日に何かプレゼントをしよう、と思った。優花の一番欲しそうにしているものは、日頃の会話の中にヒントがあって、それを、当ててみようとあれこれ、試してみたが、「女の赤ちゃんが欲しいな」と真顔で口にする優花を見て、慎一は変な夢でも見てるんじゃないのかと思った。実際、今のところ、女の赤ちゃんはどうあがいても、無理で、化粧品の類いか洋服、指輪やネックレスなどが慎一の頭に浮かんだ。しかし、できることなら、女性の誰もが持っているようなものではなく、例えば、星屑《ほしくず》のかけらやオーロラの破片を小さな箱に詰めて贈りたかった。箱を開けた時の優花のその大きな瞳が発する驚きの表情を見てみたかった。しかし、何か一生の思い出になるものをと考えたが、どうしてもうまく思いつかない。たまたま、優花の誕生日が日曜日だったこともあって、デパートに誘い出して、選んでもらうようにした。

優花は、「化粧品とかは、お母さんが買ってくれるから、何か特別欲しいものないな」と言った。洋服の売り場も何ヵ所か回ってみたが、これと言って、欲しそうにしている洋服もなさそうだった。慎一には、優花の欲しいものが、全く、見当がつかなかった。女の子なら買物が好きで、あれこれと見て回るのが楽しいことなのかもしれないが、優花の後を追いて回ることに次第に飽きて面倒になってきた。

どの売り場を回ってみても、なかなか決断しない優花を、慎一は少しずつ退屈に思っていたが、ふと、女性用下着の売り場には、自然と興味が湧《わ》いた。今まで足を踏み入れたことのない「禁断の聖地」にいるような気がした。様々な形をした下着があらゆるところに飾られていて、色の種類も派手な赤いものから真夏の夜を剥《は》ぎ取ったかのような真黒いものまで、色の全てが揃っている。そこはまるで「色彩の密林」のようだった。

優花が一つ一つの下着を手に取る度、慎一は、全裸の優花が下着を着《つ》ける場面を想像すると、気分は夢心地だった。優花と一緒なら、少なくとも変質者には見間違われないので、ゆっくりと品定めして欲しい、と思った。

そもそも優花と慎一は、まだ男女の関係はなかった。慎一は一度、経験してみたいと思っていたが、ふたりはまだ交際の約束さえも交わしていなかった。

そうしているうち、優花は突然、この店が最後だからと言って、かつて母親と訪れたことのある宮殿のような店構えをした海外ブランドの店の中に、吸い込まれるようにして入っていった。しかし、慎一は全く興味がなかったので、その場で立ち尽くし、ポケットに手を突っこみ、手持ち無沙汰のままあくびをした。

しばらくして優花は戻ってきて、口にすることと言ったら、小指の爪くらいのダイヤのリングが何十万円もするとか、陳列されているバッグやポーチが信じられない金額だったと、一人で興奮している。少し不機嫌な表情をしたが慎一は、優花がこの店が最後だからと言っていたので、「欲しいものは決まった?」と少し拗《す》ねて問い掛けると、優花は慎一の心の状態を察したのか、大きな瞳に少し涙を浮かべて下を向き、小さく首を横に振り、いつものように人に甘えるような口調で、

「……誕生日のプレゼントはこれと言って欲しいものが見つからないけど、その代わりに私の小さい頃からの夢を叶《かな》えて欲しいの……」と小さくつぶやいた。ふくよかな小さい丸顔にぱっちりと大きく花が咲いたような綺麗な瞳は、時に伏目がちで、恥しそうに慎一を真剣に見つめた。

その優花の幼い頃からの夢とは、今から九年後の二十三歳の誕生日に結婚して、その次の年、

ちょうど十年後、ふたりが二十四歳になった時に、女の赤ちゃんを産みたいという願いだった。

ふたりは、干支《えと》も血液型も同じで、誕生日も二日違いという運命的な縁で結ばれているため、優花は自分たちの女の赤ちゃんもその中に迎え、家族三人で「運命のトライアングル」を作りたいと言い、想いの全てを話した。

慎一は、突然、何を言い出すのかと当初、耳を疑ったが、優花の純粋に夢を訴える大きな二つの瞳を見つめていると、何でも願いを叶えてあげたいような気持ちになった。しかし、慎一も小学校二年生の初めて会った時から、ずっと優花のことが好きで、僕も「その運命のトライアングル」の中に入りたい、と照れくさそうに言った。

それからしばらく、ふたりはじっと見つめ合い、慎一は突然「優しい花は永遠に枯れない……」と言った。

「どういう意味？」と優花が不思議そうな表情をすると、「優花は僕が永遠にそばにいるから、ずっと綺麗でいられるという意味だよ」と言った。

優花は少し嬉《うれ》し涙を見せ、微笑みを浮かべた……。

このまま家に帰ってもつまらない、と、ふたりは喧騒を極める人波の中に交じった。十月も下旬ともなれば、空気のどこかしらに深まる秋の匂いを感じさせ、日の沈む時刻が次第に早まりつつあった。

そんな日曜日の夕方近くなので、足早に家路へと向かう人々が多かった。それとは逆にただ大声でしゃべり、笑い転げている女の子の群れや、自分たちの世界に酔い痴れている男女も数多くいた。

優花はふと、ゴリラが大きく口を開けた模型が、出入口になっているゲームセンターが気になった。少し離れて恐る恐るゴリラの口の中を覗いてみると、戦車か何かのミサイルの大きな音やピストルの発射音が聞こえた。優花は急に満面の笑みを浮かべ、ゴリラの大きなのどちんこを模した揺れる赤いサンドバッグをかき分け、口の中へと吸い込まれていった。慎一もすぐに優花の後《あと》を追い掛けた。

――ゴリラの口の中では、誰もが好奇心に満ち溢《あふ》れているような表情をしていて、喉《のど》の奥までが見えるほどに笑い転げている。何かのゲームの成績が良かったのか、ガッツポーズをしている高校生らしい男女もいて、その回りを囲うようにして、大声を上げ、拍手をしている男女もいた。

優花はカーレースのゲームに夢中になっていて、プロのレーサーにでもなったような気分でいる。慎一はボクシングの対戦ゲームでボクサー気取りで、何度も相手に力いっぱいパンチを浴《あ》びせた。ふたりは三つ四つのゲームをし、最後にメダルの山を崩して、新たなメダルを獲得していくゲームに夢中になった。容易に山の崩れない虚《むな》しい結果に、慎一も優花も少しずつムキになってきて、あるだけの小銭をメダルに替えて、必死に山を崩そうとしている。

慎一は全ての小銭がなくなった時、母親から優花のプレゼント代としてもらった一万円札に手を付けようとしたが、優花が制した。

……突然、優花は、「ふたりの将来の運勢を占なってもらおうよ」と慎一を促した。駅ビルの地下に有名な占い師がいることを昨日、クラスの友達から聞いた優花は、慎一の腕を引っぱるようにして駆け出したが、ふいに立ち止まり、「あっ、いちごのパフェが食べたいな」とつぶやた。慎一は辺りを見回し、適当に近くのフルーツパーラーを見つけ出すと、また駆け出した。

少し白味を帯びたガラスのドアの、「く」の字の形をした銀色の取っ手を優花が手前に引くと、店の中は粉雪がひっそりと降り積っているような「白」一色の世界だった。テーブルも椅子も床も壁も全てが「白」一色で覆われている。

若い女性の店員がふたりを窓に近いテーブルへと導き、白色のメニューをそれぞれに手渡したが、慎一はメニューも見ずにホットのカフェオレとストロベリーパフェを注文した。おそらく、優花よりも二つか三つくらいの年上にしか見えない女性の店員は、「手作りのケーキもございますが……」と慎一に声を掛けた。しかし、優花のほうが、「一つお願いします」と答えた。そして、年齢《とし》の似かよった二人は、「手作りケーキ」が陳列されているところまで向い、二人で指を差しながら何か楽しそうに話をしている。

慎一は優花が病的なほどに「甘いもの好き」なのを知っていたので、別段、何とも思わず、ただ茫然《ぼうぜん》として、ガラスウィンドーの白い斑点《はんてん》のすき間から外の景色を見つめた。満足げな表情をした優花が席に戻ると、お互いの表情がそれぞれの瞳に大きく映った。

優花はふいに「結婚の約束」を思い出し、急に照れくさくなった。慎一も同様で、目をどこに向けたらいいのか、迷っているような感じでふいに上を向くと、天井も白いことに気づいた。優花はテーブルに両手をつけて、じっと爪を眺めた。いつも潤んでいるような瞳をしている優花は下を向くと、少し泣いているような表情になる時があったので、泣いているのかな、と慎一は思った。

やがて、注文したカフェオレとパフェと色とりどりのケーキが各々《おのおの》の前に置かれた。一つの皿の上にケーキが三つも乗せられているのを見て、驚いた表情をする慎一に優花は少し恥しそうにして、頬がうすい赤で染まった。

カフェオレはほどよい温かさだった。パフェの先割れスプーンも丁寧に紙のナプキンで巻かれていて、パフェの頂上には、いちごの切り身が花びらの形に真似て、器用に重ねられている。慎一はそのいちごの花びらを一つ横取りし、すかさず口の中に放り込んだ。優花はあまりの早業で、少し拗《す》ねたような表情をしたが、慎一の満足する顔を見て、すぐに笑顔を取り戻した。慎一はほんの些細《ささい》な表情の移り変わりにも優花の愛らしさを感じて、ふたりの心が固く結ばれたような気がした。もうすぐ夜に手が届きそうな時刻になっているので、ふたりの将来の運勢占いも来週にしよう、と優花は思い慎一と約束を交した。

＊

帰りのバスに揺られながら、慎一はふと、ふたりの出会った頃のことを心に思い浮かべた。彼は小学校の二年生の時に、金融機関に勤める父親の転勤とともにこの地に転校してきた。ある小学校の地区の子供会の野外活動で、父兄と芋掘りに行ったり、登山をしたり、海水浴に行ったりする子供たちの中で、丸顔に目のぱっちりと大きい、額の可愛い女の子が気になった。今から思えば、その女の子が優花だった。まだ幼かったため、恋愛の感情はなかったが、慎一はなぜかどうしても気に懸《か》かった。その純粋で透明な感情は小さな恋愛の芽であって、それから六年経った今では、綺麗に花が咲いている。その頃からは、いつもふたりは一緒だった。家も近所であるため、小学生の頃は学校の行き帰りが同じでクラスの他の友達を交じえて、よくお互いの家を行き来した。小学校を卒業し、中学生になった今でも気がつけば、ふたりは同じバレーボール部に所属し、男子と女子とに分かれて活動していたが、練習の終わる時間も帰宅する方向もほぼ同じなので、やはり自然と一緒だった。

中学一年の時はクラスが別だったが、二年生になったら、同じクラスでふたりは机を並べていた。小学生の時からの習慣で朝の通学も一緒だったので、朝から晩まで目の開いている時間は、ほとんどふたりは一緒にいた。

しかし、慎一は今まで、優花に対して心が割れるほど好きだと、口にすることができなかった。お互いの心の中では、何となく「目に見えない純白の糸」でつながっているような気もしていたが、確たる自信はなかった。

もし、恋を打ち明けて、実は優花は別の男の友達が好きで、慎一のことをただの家が近いだけの友達にしか思っていなかったら、と不安になる時も多々あった。恋を打ち明けることによって、逆に今までの良好な関係がいとも簡単に崩れてしまう。そうなると、目の開いている時間が全て不自然の連続になる。クラスも部活も同じで、学校に通学する時間も帰宅する時間もほぼ同じで、家も近所となると、別行動する方にかなりの無理が生じる。

だから、慎一はなるべく自然な形で、優花の気を引こうとして、誕生日プレゼントを思いつき、思い切って優花をデパートに誘い出してみた。するとなぜか、優花がそうしたかったのか、「王女の誕生日」にふたりは恋人の関係を飛び越え、いきなり結婚の約束までしてしまった。しかし、慎一はいざとなると、やはり女の子の方が勇気があることを実感した。優花はちょっといじわるをすると、すぐに泣きそうな表情になるが主義主張は確たるものを持っていた。しかし、全ての苦痛から解放され、願望が叶ってしまうと、味気なさを感じるのも事実であった。時々、クラスの別の女の子に魅かれることもあるが、優花のあの、人に甘えるようなしゃべり方と瞳の美しい輝きは誰もが持ち得ないもののように思うし、その瞳を取り巻く星のような輝きは、他に敵《かな》う女の子はいないようにも思った。

しかし、その瞳にも一つの欠点があった。強度の近視である。普通の女の子よりも、目の虹彩《こうさい》の面積が広い分、他の誰よりも光を多く吸収し、その負担が原因かと慎一は思っていたが、実際のところは、テレビゲームのやりすぎが強く影響していた。しかも、慎一の家にあったテレビゲームに優花が夢中になりすぎて、急に視力が低下していく傾向に陥ってしまった。小学校の高学年時の視力は両目ともに、一・〇以上であったが、中学校に入学した頃になると、〇・一とか〇・二近くまでに悪化した。

後々、優花の父親は視力悪化の原因が、慎一の家にあるテレビゲームにあることが分かり、その足で慎一の両親の元に烈火の如く怒鳴り込み、女の子の近視は、将来の結婚に不利だという理由から、優花には、もうゲームをやらせないようにと何度も強く念を押した。慎一はただ謝るのみの両親の後ろ姿を見ていて申し訳なく感じた。

しかし、自分の両親のいる前では恥しくて口にすることもできなかったが、優花の両親の前では、なぜか毅然《きぜん》とした態度で、「将来、優花と僕は結婚する約束をしましたから、お父さんもお母さんも心配しないでください」と言い切ることができた。慎一の言葉を聞いて、優花の両親は二人とも目を丸くしていたが、優花の両親の前で、「九年後の約束」を断言できたことは、優花にとって慎一の想いの度合いを測る良い機会となった。

第二章　クリスマスの約束

1

　ある日の午後、女子生徒だけが足早に体育館へと向かった。何も聞かされていない慎一他、数名の男子生徒も体育館へと向かったが、周囲を見回すと、極端に女子生徒の数が多すぎるのに違和感を感じていた。

　ちょうど目の前に同じクラスの友美《ともみ》が、何人かの女子生徒と一固《ひと》まりとなって、階段を駆け降りるのが目に止まった。慎一は持っていたノートを丸めて、友美の肩に触れ、理由《わけ》を聞き出すと、回りの女の子との会話が途切れ、「女子だけよ」と言って冷たくあしらった。もう既に優花の姿はそこにはなかった。優花と似たような顔立ちをした友美は、続け様に「セックスのお勉強だって」と言って、背中を向けた。

　友美はしっかり者で温厚な性格だが、恐しく頭の切れる分、口調が冷たく聞こえる時があった。慎一他、数名の男子生徒は、体育館へと向かう女子生徒の怒濤《どとう》の如く押し寄せる荒波を逆らうようにして、教室へと戻った。

午後からの授業は、女子生徒だけを体育館に集め、性教育のビデオと著名な産婦人科医の講話があり、男子生徒の全ては「技術」の時間に当てられた。

慎一は、友美の口にした「セックス」という言葉が気になって仕方がなかった。女子生徒だけが体育館という巨大な空間の中で、一体何が行なわれるのか、と数を挙《あ》げ切れないほどの難問疑問が、まだ見ぬ状況を作り出していた。あれこれと考えていくうちに、変な妄想だけが風船のように大きく膨らんでいき、次第に訳が分からなくなってきて、その風船に乗って青空の果てまで飛んで行ってしまうような気分になった。それから、しばらくの間、慎一は「変な妄想」が強固に根を張った草花のように脳裏から離れなかった。「技術」の先生の野太く響く声もどこか遠い世界の戯言《たわごと》のようにしか聞こえなかった。

――その夜、部活の練習を終えた帰宅途中に、慎一は優花に、「セックスの勉強」の結果報告を聞き出した。優花は「性教育」のことを誰から聞いたのかと一瞬、不思議そうな顔をしていたが、別段気にせず、詳細を少しずつ話し出そうとした。しかし、「性教育」という他の科目と比べ、特異な分野の専門用語を恥しくて、口にすることができず、その時に配られた十ページ足らずのカラーの小冊子を鞄の中から取り出し、慎一に手渡した。しかし、辺りは暗がりで、記載されている文字とイラストしか見えなかった。

慎一は最近の授業で学んだ偉大なゲーテの、「もっと光を」という最期の言葉を何度も繰り返しながら、電柱の明かりを照らしている箇所まで小走りに駆けた。真剣な眼差しで小冊子を見つめる慎一に優花はそっと、「……産婦人科の先生の話が一番、面白かったよ」と話し掛け、講話の内容を語り始めた。

——中学生になると、男女ともに身体の発育段階として妊娠は可能で、性行為は禁止までとは言わないが、非常に危険なことであるので、十分に注意するように、と強く念を押した。もし男子から性行為を乞われ、行為へと至る場合の避妊には、極力、注意するのが身のためであり、いつも最終的に泣き寝入りしてしまうのは女子の方だと、優花は半ば《なか》慎一への忠告の意味も込めて、講師の代弁をするような話し方をした。実際に、その講師が未成年者の妊娠を受け持ったケースでは、最終的にその女の子が少しノイローゼぎみになって、自殺したケースも何件も見られたと話していた。結局、中学生の性行為は、自己の破滅的な行為であり、身内や両親に対しては罪を犯す行為に近いと声高に結び、講話を終えた——。

しかし、性行為には全く興味も関心もない優花にとっては、著名な講師の講話も別世界の話にしか聞こえなかった。慎一は優花の話に、ひどく失望した。もっと何か特別なことを期待していたからである。そして、慎一は小冊子を閉じ、無言で優花に手渡した。

「それよりっ！」と優花は突然、大声を張り上げた。「性教育」のことで頭がいっぱいの慎一が、次の日曜日の約束を忘れているみたいだったので、覚えているかどうか、を問うてみた。すると、慎一は思いの外《ほか》、「占いのことだろう？　しっかり覚えているよ。忘れてない」と優花を宥《なだ》めた。しかし、優花は慎一が少し不機嫌そうな表情をしているのが全く理解できなかった。

2

——約束の日曜日の朝、優花は駅まで自転車に乗っていくか、バスで行くかを迷ったが、「今日の夕方から雨の降る確率が高いでしょう」と天気予報が報じていたので、結局、バスで向かうことになった。優花が昼過ぎに慎一の元に出向くと、「今日は、母さんが朝早くから出掛けてるから、すぐに何か食べたいんだけど、いいかな？」と慎一が聞くと、「いいよ。私はフルーツパフェだけにするけどね。あっ、あと、モンブランとチーズケーキも追加かな……」と優花は答えた。

今日は日曜日とあって、車の数も多く、バスの中も家族連れやどこかに遊びに行く若者で満員であった。ふたりがバスに乗り込むと、通学・通勤ラッシュ時と同様に急停車が頻繁《ひんぱん》にあった。乗車口はバスの後方にあり身動きができなかったので、ふたりは乗ったそのままの位置にいた。優花のすぐ横には、今にも転びそうな老婆が弱々しく立ち尽くしている。優花は誰か座っている人が席を譲ってあげればいいのに、と思っていたが、誰も席を譲ろうとはしなかった。仕方なしに、優花は老婆を支えるような状態で立っていたが、その目の前の席で車内が満員であるにも拘わらず、平気で足を組んでいる若者が気になった。

その若者は変に恰好つけて、黄色のサングラスを掛け、革のジャンパーを羽織っている。優花はその若者の態度がひどく頭にきて、じっと睨《にら》みつけていた。バスが急停車する度、目の前の老婆が転びそうな状況は若者にも十分に見て取れるはずだった。

優花は、何度も急停車する度、横柄な若者が老婆に席を替わりましょうか、と声を掛けるのをずっと待っていたが、若者には一向にその気配もなかった。しばらくして、我慢の限界を超えた優花は、若者に、「おばあさんに席を譲ってあげたらどうですか」と少し強い態度に出た。すると、若者は不貞腐《ふてくさ》れたような表情をし、ゆっくりと立ち上がり、無言のまま、少しずつバスの前方に向かった。若者も中学生の女の子に注意されたのが、頭にきているのか、時々、優花の方を睨んでいる。そして、また少しずつ人をかき分け、優花の側《そば》に向かってきて、「おい、ねえちゃん、賢そうにするなよな」と言って、優花の胸を触った。優花は思わず、「キャッ」と小さな悲鳴を上げた。

優花の悲鳴に気づいた慎一は優花に訳を問い質《ただ》した。混んだバスの中での小さな出来事が理解できなかったからである。慎一の存在に初めて気づいた若者は少し焦《あせ》り逃げるようにして、バスの降車口である前方に再び向かった。脅《おび》えて口を開こうとしない優花を気遣《きづか》う慎一の横目に、動きが不自然で慎一の出現に慌《あわ》てる若者が映った。慎一はその若者の慌てる行動で、優花に起った出来事を直感的に感じ取った。次の停留所で若者は降りて逃げていくだろうと察した慎一も、少しずつ若者に近づき、その背後に張りついた。回りの乗車する客が慎一に対して、冷たい視線を投げ掛けたが、慎一にとっては全く関係なかった。

どこかの停留所でバスが止まった時、慎一は急に左手で若者の胸ぐらを摑んだ。右手はポケットから手探りで小銭を取り出し、適当な金額を料金箱の中に入れた。それから、若者を外へと引き摺《ず》り降ろし、ロータリーに面した歩道へと導いた。

それからの行為は頭に血がのぼり、完全に慎一の記憶の外にあった。

優花の存在自体も意識の中からは消え、潜在意識に眠る攻撃的な本能だけが目覚めた。

*

意識が少しずつ冷静に戻りつつあった慎一は、若者の悲惨な姿が目に映り、急に恐しくなってきた。自分の腕や指の数本がひどく痺《しび》れているのにも徐々に気づき始めた。若者は口から血を流し、顔や首には、紫色の刻印がいくつも張りつき、サングラスの割れた細かい黄色の破片が、頬や額に小さく刻み込まれ、死んだように、動かなかった。

小綺麗に着飾った長袖のシャツは不自然な皺《しわ》を作っていて、ボタンも二つ、三つ外れている。当初、黒い革のジャンパーを羽織っていたが、なぜかその革のジャンパーは車道の真ん中にあり、何台もの車が黒いジャンパーの上に、砂のついた太い白いタイヤの線を幾本も残していた。

しばらくすると、誰かが救急車を呼んだのか、慌ただしい音を立てて現場に向かってきた。その後にパトカーも二台、追走している。死んだように動かない若者は白い担架の上に乗せられ、救急車へと運ばれた。全てが機械的に処理され、すぐに最寄りの病院へと先を急いだ。

慎一はふいに優花がいないのに気づき、急に不安になった。若者の行く末よりも優花の居場所が今、どこなのかが、異常なほど気になった。


二台のパトカーからは、六人の警官が現れた。四人の警官は、血痕を写真に収めたり、若者が倒れていた場所を克明に白いチョークで大きくなぞり、サングラスが飛び散った箇所や血痕も白い線で小さく囲んだ。

残る二人の警官は、慎一の元にゆっくりと向かってきて、事の経緯《いきさつ》を優しい口調で質問を繰り返した。二、三の質問に答えた慎一は、警官から痛むところはないか、と質問され、指の数本が異常に痺れていることを正直に話した。現場検証をしている四人の警官のうちの一人が、慎一を呼び出し、別の質問を始めた。

慎一は現場の状況を事細かに説明したが、意識のなかった分、嘘をついている訳ではなかったが自分の話していることに全く自信がなかった。慎一は警察署に向かうため、そのままパトカーに乗せられ、先程の警官二人とともにその場から姿を消した。辺りは再び、元の穏やかな日曜日に戻った。


パトカーに乗せられた慎一は、無意識のうちに、犯罪者の身へと陥った自分自身に対して脅《おび》え、知人にはパトカーに乗っている姿を見られたくない気持ちでいっぱいで、終始《しゅうし》、顔を伏せたままでいた。心の深淵から溢《あふ》れ出る犯罪者という恐怖にも似た不安を、早く全て吐き出してしまいたかった。

＊

一方、優花はサングラスの若者と慎一との二人が、少しずつバスの前方へと向かっているのに追随できなかった。込み入った車内の中で他の人と体を接触するのが、ただ単に嫌だったからである。慎一と若者との間にひと悶着《もんちゃく》あるのは容易に予想できたが、老婆も優花と同じ駅前のバス停で降りると話していたため、老婆をバスから無事に降ろしてあげるところまでは見届けたい、という気持ちのほうが強かった。

駅前のバス停で老婆と別れると、優花は急いでタクシーに乗り込み、現場へと向かった。しかし、二人のいさかいがあった現場に慎一の姿はなく、幾人かの警察官が腕を組み、その場に佇《たたず》んでいた。優花は警官の一人に慎一の行方を尋ねると、「署に向かったよ」と不愛想に答えた。

警察署は踏切を渡った向こう側にあり、優花はまた、駅の方向に引き返すような形になった。少しでも早く慎一の元へと向かいたかったが、タクシーがなかなか捕まらず、結局、駅前まではバスで行くことにした。

優花が警察署に着いた時、取調室の前の少し古びた長椅子には既に、慎一の父親が座っていて、気難しい表情をして腕を組んでいた。優花が慎一の父親に対して軽く会釈をしても、表情を全く変えずに軽くあごを引く程度であった。近寄り難い雰囲気を醸《かも》し出していたので、優花は少し離れて、立ったままでいた。

警察署の建物自体が古い校舎を思い起させ、学校と同じワックスの匂いがした。目の前の取調室から聞こえる警察官の怒鳴る声が優花にとって、心にひびが走るほどに心苦しかった。

しばらくすると、取調室の扉がゆっくりと開き警察官が姿を見せ、慎一の父親を呼び出した。警官は、優花の存在にも気づき、「あなたは被害者の方ですか?」と質問し、優花は素直に返事をすると、優花も取調室の中に入るようにとの指示を受けた。

その場にいた慎一は、心の傷ついた野良犬のように見えた。目付きが野蛮で全てに対して反抗的な態度であった。応急処置で巻いた指の包帯や紫色に腫れた頬《ほほ》も痛々しかった。慎一は若者が死んだものと思い込んでいて、全てを覚悟した。殺人犯へと陥ってしまったのは優花を想ってのことだと考え、全てを割り切った。しかし、取り調べを続ける警官のもとに病院からの連絡が入った。若者は全身打撲の全治一ヵ月とのことだった。慎一は一度は覚悟した殺人犯という氷のように固く痛々しい緊張感が、次第に溶けてどこかに流れていくのを感じた。

取り調べを進める警察官は、慎一の父親に対して、事件の一部始終を説明し、優花には慎一の証言に嘘偽《うそいつわ》りがないかを何度も念を押した。警察官は全ての取り調べを終えたのち、慎一の父親を一人、取調室に残し、慎一と優花には、前の長椅子で待機しておくようにとの指示を出した。

慎一と優花との入れ替わりに、別の警察官が一人と、その後を見慣れぬ年輩の夫婦が脅《おび》えた表情で室内の中へと消えて行った。

優花は慎一の傷ついた心と痛々しい左のこめかみのあざを気遣った。慎一は、「指が骨折しているかもしれない」と言ったきり、眠ったように無口になった。

――放心状態の慎一と優花に取調室からの再度の呼び出しが掛かった。慎一はゆっくりと上体を起こし、優花の肩を借りて立ち上がり、優花も慎一のあとを追った。取調室内には、慎一の父親と若者と両親、三名の警察官の姿があった。ふたりは重く澱《よど》んだ空気の中に身を置いた。

すると突然、若者の母親が優花の側に寄ってきて、「お怪我、ございませんか？　本当に申し訳ございません」と腰を低くし、何度も詫びを入れた。慎一は若者の母親の姿を見て、また急に頭にきて、「死ねババァ。優花に近寄るな」と叫んだ。慎一の父親はまだ懲《こ》りない息子の頬を力いっぱいに殴った。慎一はその勢いで壁に頭をぶつけ、額に新たな傷を作り、血が滲《にじ》んだ。指が痺れていて、一人で立ち上がることのできない慎一を起こそうと、優花が身体を支えた。警察官の一人が慎一の父親に対して、息子への暴力に厳しく注意をした。

取り調べは全てが終了していて、警察官の一人が何かを話しているが、慎一には聞き入れる気もなく、すべては流れるままに任《まか》せた。

結局、慎一はやや過剰ではあるが、正当防衛との見解もあり、軽度の傷害罪との審判が下《くだ》った。全ては慎一の知らないところで事が運び、慎一の父親は指の不調を強く訴える息子に対し、人を著《いちじる》しく傷つけ、荒《すさ》んでしまった心を癒《い》やすために一週間、学校を休ませようと考えた。

警官はあえて学校には、傷害事件のあった事実を伝えなかったが、律義な性格の慎一の父親は自ら、担任の教師との連絡を取った。クラスのみんなにもお詫びを入れたいと願い出て、一度、学校にも赴きたい、という強い想いを担任の教師に申し出た。

慎一の父親は、事件が収まったあとでもしばらくの間、家族の誰とも一切、口を聞かなかった。

慎一もずっと自分の部屋に閉《と》じ籠ったきりで、誰の存在もただ鬱陶《うっとう》しいものでしかなかった。

3

優花は次の日の朝、新聞を開いて見ると、社会面に昨日の慎一の事件が小さく載っていた。新聞では慎一のことが少年（一四）となっていて、若者は二十三歳の塗装工であることも分かった。今回の事件は慎一と優花にとっては大きなダメージではあったが、二人の歴史の一ページとして、記事が記載されている箇所にはさみを入れ、切り抜いた。ふと、気がつくともう学校に遅刻しそうな時間になっていたので、優花は急いで家を飛び出したが、一人で学校に向かうことがこんなにも淋《さび》しいものか、と初めて知った。無事、遅刻は免れたが、慎一の机にはいつもの笑顔がないことにも淋しさを感じた。

昨日の夜、変に落ち着かない優花は友美にだけは、電話で全てを話したが、昨日の慎一の事件は、優花と友美を除くクラス全員の誰もが気づいていないようだった。

優花はこのまま時間がゆっくりと過ぎて、全てが何もなかったように、元に戻ってほしいなと心から願った。

＊

……慎一はやはり指を骨折していた。時に強い痛みがあったが、我慢できる程度であったので、そのままにしていたら、右手の中《なか》三本の指が次第に腫《は》れ、紫に変色してきた。結局、母親に連れられ、最寄りの病院の外科にレントゲンを撮りに行くこととなった。まだ誰に対しても心を開きたくない慎一は、母親に対しても、終始、口を利かなかった。

「レントゲンの結果は」と担当の外科医は少し厳しい表情に変わった。その医師は乱れた白髪で、灰色の縁眼鏡を掛け、白いあごひげを生やしていた。顔が面長だったため、動物の山羊《やぎ》を想像させた。山羊のようなその医師は、レントゲンのフィルムを照明で照らし、右手の人指し指と中指と薬指の骨にひびが入り、中指の関節が少しずれていると、状況を的確に説明した。その医師は形も動きも大きさも南米の薄茶色の大きな蜘蛛《くも》のような手をしていて、慎一の三本の指に鎮痛薬を丁寧に塗《ぬ》りガーゼを乗せ、その上から少しきつめに包帯を巻いた。

治療が終わると、山羊のような医師は、「若いから、大丈夫、大丈夫」と慎一の肩を叩き、喉《のど》の奥が見えるほどに口を開け笑《あ》った。

帰り際、受付の若い看護士に「今度の木曜日は大丈夫ですか?」と聞かれ、慎一は何も考えずに「はい」と答えると、「では木曜日にもう一度、来てください」と言われ、素直に順《したが》った。

慎一は母親と肩を並べるようにして歩いているが、依然として会話はなかった。病院を出て、行き交う人々もただの風景の一部にしか感じ取れなかった。自宅に戻り、自室に一人でいると、ふとサングラスの若者のことが気になった。慎一は、若者を殴ったことが不思議なくらい思い出せなかった。あの若者が自ら、ああいう姿に変わって、慎一がその前を何気なく通り掛っただけのような気がしてならなかった。

しかし、実際にこの手の指の骨折が、この指の痺れが、若者を悲惨な姿に変えたのは、慎一本人だと認識させた。あの若者は今頃、どういう気持ちでいるのか、体中が麻痺《まひ》していて、物事を知覚できる状態ではないのかもしれない。そう思うと、慎一は若者の見舞いに行こうと、決心した。

＊

若者が入院している病院は、バスで一度、駅前に向かい、別系統のバスに乗換えないと辿《たど》り着けない。慎一は次の日、通勤・通学のラッシュが過ぎた朝の十時頃に一人、最寄りのバス停に立った。お見舞いの品は病院の地下で販売していると、母親が言っていたので、そのまま病院に向かった。バスはいつもとは異なり、乗車する客の数が極端に少なく、全員が座っても、まだ席が余るほどであった。慎一は座席に腰掛け、流れる外の景色を眺めた。見慣れた景色ではあったが、いつもとは時間帯がズレているので、少し違う空気を感じた。しばらくすると、あの若者と殴り合った場所が目に入った。もう既に今は、チョークの線も消され、血痕も綺麗に洗い流されている。今では何事もなかったように、元の普通の風景の一部となっていた。

やがて、バスは駅前へと到着し、一度下車して、また別系統のバスに乗り換えた。慎一はただ茫然と外の景色を眺めていると、ふと優花の姿が瞼に浮かんだ。慎一は、あの込み入ったバスの中での小さな悲鳴を耳にして以来、ずっと優花の存在自体も意識になかった。若者の見舞いよりも優花に会いに行く方が先のような気もした。

……バスの車内放送は次の停留所が「病院前」であることを伝えた。慎一の一つ前の席に座っている老人がゆっくりとボタンを押すと、ちょうど病院の目の前で停車した。バスの停留所がそのまま病院の入口へと連なっていて、「病院前」の停留所でほとんどの乗車客が降りた。停まったと同時に、老人たちがゆっくりと席を立ち、バスの降り口へと向かった。老人たちは歩を進めるのが遅く、慎一は老人たちのテンポに合わせた。バスは下車する客を全て降ろすと、次のバス停へと向かった。

——その病院はある大学の付属の総合病院であったため、一階のフロアは広大で、慎一の病院に着いた時間帯が、ちょうどラッシュのピークであったのかもしれないが、入院する患者やその付添人、外来の患者でごった返していた。

内科や外科や泌尿器科などの各セクションごとに受付があり、慎一はどの受付で若者の病室を尋ねればいいのかが、分からなかったので、とりあえず総合受付を探した。時に擦れ違う患者のなかで、目を伏せたくなるような気の毒な人や、迷子になって泣き叫ぶ小さな子供もいた。慎一は一般の社会とは少し異なる世界から少しでも早く抜け出したかった。ある松葉杖の患者から総合受付の場所を教えてもらい、ようやく受付に辿《たど》り着いた。受付の女性にあの若者が入院している病室を尋ねると、その女性は内線電話を掛け、電話を切ったと同時に「四階の四〇五号室に入院されてます。一番奥の窓側にいらっしゃいます」と事務的な口調で答えた。

慎一はそのままエレベーターで四階に向かおうとしたが、お見舞いの品を思い出し、母親に言われた通り、地下へと駆け降りた。しかし、地下階には果物や花を販売している店はなかった。小さな売店があり、その前にはモスグリーンの色をした古い革の長椅子が二列、並んでいる。軽度の入院患者が椅子に腰掛け、のんびりと新聞に目を通したり、瓶のコーヒー牛乳を飲んだりしていた。売店のすぐ横の一角がガラス張りで仕切られており、喫煙室になっていて、外側から見ると、檻《おり》の中で無数のゴリラが群れているようにも見えた。

結局、売店にはお見舞いの品として持っていけるものはなかったので、慎一は仕方なく、手ぶらで行くしかなかった。そのまま地下階からエレベーターに乗り込み、四階のボタンを押した。地下から一緒に乗った老人が、何か意味の分からないことを話し掛けてきたが、面倒なので、無視した。エレベーターは、各階ごとで止まり、その度ごとに、人が少しずつ入れ替わり、四階へと辿り着いた。

四階の空気もどことなく異質で、何かの病いを含んでいそうな気がした。慎一は擦れ違った看護師から、四〇五号室の場所を聞き出した。各病室には扉がなく、人が自由に行き来できた。各ベッドごとに、薄く白いビニール製の布で仕切られていて、カーテンのように開閉できた。一つの病室に三人の患者が入院していて、四〇五号室には二人の患者が入院していた。奥側があのサングラスの若者であった。

慎一は若者が入院しているベッドを覆う白いカーテン越しに立ち、自分の名を告げた。突然、何の前触れもなく訪れたことをその母子に詫びた。しばらくして、白いカーテンの中から、「どうぞ、お入りください」と若者の母親らしい声がしたので、ゆっくりとカーテンを掻《か》き分け、足を踏み入れた。

慎一はベッドの上で座っている若者の姿を見て、改めて驚愕《きょうがく》した。頭からは白い包帯で覆われ、目の回りは紫色に腫れ、左腕は骨折しているのか、ギブスで固められている。首から胸元にかけて見える肌には、ところどころに小さな紫色のあざと赤黒い生傷が痛々しい。下半身は布団が被《かぶ》さっていてよく見えないが、おそらく上半身と同じような様相だと想像できた。若者の表情は、白い包帯とガーゼとに覆われ、はっきりとは分からなかったが、目だけは極端に脅えているように見えた。

慎一は若者の悲惨な姿を目にしていることが耐えられなくなり、いきなり若者に対してその場で土下座をした。若者をこんな姿にしてしまった自分自身が急に怖くなってきて、心が痛烈に痛み、心の奥深くから悲しい感情の涙が腫れた頬を流れた。

「あなたを傷つけるつもりはなかったんです。ただ優花に触れるヤツは我慢ならなかっただけなんです」と号泣し若者に対して何度も詫びた。

若者の母親は慎一の泣き崩れる姿を、見るに見兼ねて、「こちらが悪いんですよ」と、言って背中をゆっくりと摩《さす》った。

若者の母親は備え付けのパイプ椅子を慎一に腰掛けるようにと勧めた。しばらくして、慎一はゆっくりと顔を上げ、パイプ椅子に腰掛けた。そして、慎一を気遣い、「コーヒーとジュースのどっちがいいですか?」と優しく問い掛けたが、丁重に断った。それよりも、涙を流したあとをハンカチで拭《ぬぐ》い去りたかったので、ポケットに手を入れようとしたが、指の痛みを強く感じて、仕方なしにコートの袖で涙を拭《ぬぐ》った。すると、再び若者の姿が嫌と言うほどに瞳に映った。

サングラスの若者は、何かを話そうとしているが、腫れて痛む顔と包帯とが邪魔になって、どうしても想いをうまく表現できないままでいた。若者は母親を見つめ、ノートを指差したので、母親は鉛筆を間《あいだ》に挟《はさ》んだノートを取り出し手渡した。若者はノートを開き、書きづらそうだが、必死で何かを書き込んでいる。慎一は若者の手元を真剣に見つめた。若者は、みみずが這ったような文字を書き終え、ノートを手渡すと、母親は少し難しそうな表情をして、読みづらそうだった。母親が若者に何度も文字の質問をし、ようやく若者の書き記した文字をそのままに清書し、文章が完成した。「あいのちからはこわい　ぼくはあなたがうらやましい　ほんとうにわるいことをした　ごめんなさい」

慎一は、右目の眉《まゆ》の下と左のこめかみに深く傷を負った程度で、話すことに不自由を感じなかったが、若者の気持ちを汲《く》み、若者と同じ状況に立ちたかったので、若者のノートを借りて、次のページを繰《く》り、骨折した右手で文字を書き始めた。慎一も若者同様に痛みの治らない手で震えながら、「はやく　よくなってください」と書き記し、逆さにして若者にノートを手渡した。

若者は、慎一の震えた文字を見て、少し目が笑ったような気がした。お互いの心の中で「和解」したように、感じとれた。

4

深夜のドアのノックの音で、慎一は浅い眠りから目覚めた。もう真夜中なのに、と思ったが時計を見ると、まだ夜の八時頃であった。妹がいたずらでもしたのか、と思った。しかし、ノックの音は二度、聞こえたが、ドアは開かずに人が入ってくる気配もなかった。まだ指の痛みが強く、手に力を入れることも一大事なので、横になったままでいた。

するとまたノックの音が聞こえたので、「はい」と乾いた返事をした。階段の電灯も消えたままで、ひとりでに、ドアが開いた。仄《ほの》かな明かりで、ぼんやりとした人の像が浮かび上がった。慎一は、背丈からの感じで母親かと思ったが、母親にしては何もしゃべらない。その母親らしき像は、肩を震わせ泣いているようにも見えた。慎一は優花だと分かるまでに時間はかからなかった。慎一はその姿を目の当たりにし、小さい頃の優花の姿を思い浮かべた。小学校の二、三年生の頃、夜、怖い夢を見た時、なぜか、いつも突然、泣きながら慎一の部屋に姿を現わした。

幼い優花は、靴も履《は》かずに素足のままで駆けてきて、慎一の家の玄関のドアを開けると、そのまま二階へと駆け上がった。そのあとには、うすく砂のついた小さな足跡がいくつも残っていた。温厚な慎一の両親は、「優花は妖精だから」と言って、後を追い続けて詫《わ》びる優花の母親に微笑んだ。

慎一は優花の姿に引き寄せられるように、ゆっくりと上体を起こした。優花は泣いている顔を、見られたくないのか部屋の明かりをつけないままでいる。ふたりは六日ぶりの再会となった。慎一は人を傷つけたことで少し、自己嫌悪に陥っていて、当面は、優花の他に誰とも顔を合わせたくなかったし、優花以外の誰の声も聞き入れたくなかった。

優花は何となく、もう慎一とは一生、会えないのかもしれない、という根拠のない嫌な不安にしばらく満たされていた。その言い知れぬ感情は慎一の心の中にも芽生えつつあった。今、お互いのひりつくような心の渇きを癒《い》すためには、互いの言葉を交わすだけでなく、互いの肌に触れ合い、一つに溶け合うしかなかった。

……優花はまだ部屋の明かりをつけようとはしなかった。今、部屋の明かりが鮮明に優花を映し出し、慎一と目を合わすことが、どことなく、気恥しい感じがしたからである。まだぼんやりと見える慎一の姿となら、安心していられた。優花は足元に注意しながら、慎一と息のかかる程の距離に近づき、ベッドの上に腰掛け、手さぐりでそっと慎一の顔に触れた。最初、濃い眉《まゆ》をなぞり、次にそっと目の上の絆《ばん》そうこうをなぞった。それから、ゆっくりと、小高い鼻に触れ、はれた頬にも触れ、唇にも触れた。そのまま、ゆっくりと指を唇から離し、自分の唇を近づけ、男の顔の中で一番柔かい部分に触れた。優花はこのまま眠ってしまいたい、と思った。

慎一も優花の体を手さぐりで触れた。二つの小高い丘がうすいセーターを通して、感覚の麻痺《まひ》する指にもしっかりと感じ取れた。この世にこんなにも思いやりのある柔らさを慎一は未だかつて知らない。ずっと触れていると、全てが癒されるような気がした。

優花は部屋の明かりもつけずに、あまり長くいると、慎一の両親に怪しまれると察し、「明日、また来るね」と言って、その場から立ち去った。慎一の父親は、玄関で「もう夜だから、家まで送っていこうか」と優しく接してくれたが、「小さい頃と違って、走れば三十秒くらいで、家に着けるから大丈夫です」と優花は断わった。それよりも優花は、夜の突然の訪問を詫びた。しかし、慎一の両親にとっては、日常茶飯事なので、別段何とも思っていなかったが、優花が初めて、自らの行《おこな》いを詫びたことに、優花の心の成長を感じて、喜んだ。

*

その次の日の朝、優花は日曜日であるにも拘《かかわ》らず、まだ夜の明けぬ早朝の五時頃に目覚めた。唇にはまだ、昨日のあの透明な感覚が少し残っている。初めて虹《にじ》を見た時のような晴れやかな「くちびるの記憶」はこのまま、一生、消えないのかもしれないという気がした。あの幼少の頃に夢中で弾いたピアノの鍵盤の感触を今でも指がしっかりと覚えているように、そして彫刻刀で誤って、傷付けてしまった左手の人指し指の不自然な太い一本の線と同じように。

優花は何か、急に心が浮き浮きとして、小躍りするようにベッドから抜け出し、一階へと階段を駆け降りた。洗面所に向かい、顔を洗い、歯磨きをした。冬の訪れが少しずつ近づいているせいか、水が澄んでいて、冷たい。日曜日の早朝であるため、家族の誰もが、まだ夢の途中であった。辺りは、沈黙の中に包まれ、冷蔵庫もソファアもステレオも、家の中のあらゆるものが、まだぐっすりと眠っているような感じがする。

ふいに、テレビをつけてみると、老人向けの健康維持に関する番組や、何かの対談やアニメしか放映していないので、すかさずテレビを消した。すると辺りは、元の沈黙を取り戻した。

優花はまた、ふいに唇に触れた。「くちびるの記憶」が妙に気分を浮つかせ、何かをしたいのだけれど、何をしていいのか分からない。まだ、日の出を迎えていないうす暗い空の下《もと》で、冷たい空気と一緒に走ろうかな、と思った。それより、「くちびるの記憶」の喜びを世界中の人々全てに伝えるために、久しぶりに天才的だと自画自賛しているピアノの演奏で、世に稀《まれ》な心地よい目覚めを迎えさせてあげようかな、とも思いまた二階へと駆け上がった。優花は自室にある少し埃《ほこり》がかった黒いカバーを取り去ると、生まれたてのようにピカピカと輝く、無言の黒い大きな存在を感じた。四歳の時から小学六年生の冬まで習っていたピアノを辞めてしまって、もう二年近くも触れていない。椅子を取り出して、座ってみると、自分の体が少し成長し、大きくなった分、以前よりもピアノを小さく感じた。

黒く重たいふたを開けると、目の前は、綺麗に磨かれた歯のように白い鍵盤が姿を現わした。それから、ピアノの引き出しにある楽譜も手探りで取り出した。バインダーに収まった楽譜は多少、黄ばんでいて、正規に楽譜がプリントされたわら半紙に音符を赤鉛筆でなぞっているものも何枚があり、音符を真剣に学び、覚えようとしている昔の姿勢が見て取れた。優花はバインダーの最後に少し厚めのオレンジ色の紙を見つけ出した。それはピアノ教室の出席表だった。担当の先生の「多田」という少し左角の欠けた丸い印鑑を見つめているだけで、当時の情景が瞼《まぶた》に浮かんだ。今でも一緒に遊んでいる友達もいれば、もうどこかに転校してしまった人もいた。そして、多田先生のことを思い出した。

優花がピアノを辞めた次の年に多田先生は結婚し、旦那様と微笑んでいる写真をプリントした葉書が送られてきた。そこには、〝結婚しました〟と大きく記され、お近くまでお越しの際は、ぜひ遊びに来てください、と記されていたのを思い起こした。急に多田先生に会いたくなってきて、今度、一度、遊びに行こうと思った。

優花は何か一曲弾いてみようと、楽譜をめくってみると、懐しい楽曲が揃っていた。「エリーゼのために」（ベートーベン）、「キラキラ星の主題による変奏曲」（モーツァルト）、「ジムノペディ　第一番」（エリック・サティ）、「トルコ行進曲」（モーツァルト）、「トロイメライ」（シューマン）、「楽興の時　第三番ヘ短調」（シューベルト）、などなど……。優花は学校の音楽の時間でも学んだことのある「キラキラ星」を弾いてみようと思い、その楽譜を取り出し、鍵盤に触れた。すると、蝶々が宙を舞ったように、美しい旋律が部屋いっぱいに広がった。

優花はピアノを弾きながら、雨の日も風の日も母親に見送られ、ピアノ教室に通った当時の情景がより一層、克明に瞼に浮かび、急に懐しくなって、少し涙が出てきた。そして、その当時の慎一を思い出した。まだ当時は、大勢の友達のうちの一人にすぎなかったが、今では特別な人になっている。今の私の方が幸せだと強く実感した。一度、慎一にもピアノの演奏を聞いてもらいたいなと思った。

……指を鍵盤から離すと、自然に旋律も止まり、旋律が止まると、急に現実に戻ったような気がした。

しばらくの間、ピアノを弾いていたにも拘らず、誰もが起きてくる気配がなかった。優花は、今日は十時から十一時頃に慎一の家に行こうかな、と考えた。本音を言えば、今から行って、こっそり慎一のベッドの中に潜り込んでみたかったが、そうすると、また慎一の両親に迷惑を掛けてしまう。同じことを二度三度やってしまうと、慎一の両親は、優花に対して中学二年生にもなっているのに、いつまで経《た》っても非常識な子というイメージを持ってしまう。そうなると、将来の慎一との結婚にも不利だし、致命的になるので、やっぱり、十時か十一時頃かなと思ったが、十時まではあと四時間近くもある。二度寝をしてもいいが、次に目覚めた時に目が腫《は》れていたら嫌なので、無理をしてでも起きていようと思った。しかし全てが眠っている沈黙の中では、不思議なくらいにすることがなかった。今はただ、早く慎一に会いたかった。

　昨日の夜は、慎一の影としか会っていないし、今から思い返すと、十分に言葉も交せなかった。優花は慎一の影に、髪を少し切ったよ、と言いたかった。もう、心の傷は癒《い》えたの？　と問い掛けたかった。でも昨日の夜は、慎一の影に会えただけでも、涙が溢れ出てきて、コンタクトレンズをどこかに流してしまいそうだった。

　夢の中では、何度も会っていたような気もするが、ふいに目覚めると、慎一の姿は消えていて、また一人だけに戻った。学校の行き帰りも一人だった。教室にいても、慎一の席の空白を痛いほどに感じた。優花は、再びベッドの上に横になり、仰向けのまま腕を組んだ。慎一のことをいろいろ考えていたら、知らないうちにまた眠ってしまっていた……。

＊

優花は慌《あわ》てて目覚めると、十一時を過ぎ、昼近くになっていた。早朝に世にも稀《まれ》なほどに天才的なピアノの演奏で家族みんなを起こそうと思っていたが、今回は母親に無理矢理、起こされた。母親は、優花のことを「朝寝坊」だとか言ってるが、朝早くからピアノを弾いていたことを全く気づいていない様子だった。別に慎一と十時に会う約束をしていた訳ではないので、昼食を摂ってから、出掛けることに決めた。

一階のリビングでは、小学生の弟を中心に近所の子供たちが集まり、鉄板を囲んでいて、優花の母親が焼きそばをつくっていた。キャベツや人参《にんじん》やピーマンなどの野菜は既に炒められ、別の皿に盛られている。今は、几帳面に鉄板の左側には豚肉が、右側には麺《めん》が炒められていて、双方からほどよい湯気《ゆげ》を上げている。誰もが楽しそうに笑っていて、盛られた野菜はつまみ食いをしたくなるようないい匂いを放っている。

二階から降りてきた寝起きの顔の優花に気づくと、子供たちは、眼差しを一心に優花の方に向け、「こんにちわぁ」と大きな声で挨拶した。優花は子供たちの大きな声と存在に驚いた。弟も何も知らないのか、優花に朝寝坊と言ったので、子供たちは、小さな肩を揺《ゆ》らせて、クスクスと笑った。

豚肉も麺もほどよい焼き具合に色を変え、鉄板の上で、別に盛られた野菜と混ぜ合わされ、少し胡椒がふられた。最後に優花の母親が、甘口のソースを目一杯掛けると、いい色具合になり、子供たちみんなの食欲をそそった。手作りの焼そばが一つ一つの皿に丁寧に盛られた。青のりがふられ、紅しょうがも少しだけ添えられている。

子供たち各々の前に皿が置かれると、優花の弟が急に立ち上がり、「まず最初の味見は、〝朝寝坊大王〟にしてもらいましょう」と大声で叫んだ。優花は誰もいなかったら、弟を張り倒してやろう、と思った。

弟の期待どおり、優花が最初に焼そばを口に運んだ。子供たちの真剣な眼差しが優花の口元の一点に集中した。一口食べ終わり、優花は王様のような口調で、「みんな、食べてよし」と言うと、「いただきまあす」と子供たちは一斉に声を上げた。

優花は、一番最初に全てを平らげ、洗面所に走った。口を濯《ゆす》ぎ、もう一度、歯を磨いた。青のりが口元や歯の間についていないか、真剣に鏡とにらめっこをした。目も腫れていないし、顔も浮腫《むく》んでいない。再び、〝王女〟のような品のある素顔に戻っていたので、外出しよう、と心に決めた。

5

優花は再び、「常識的」ということを考えた。礼儀正しく慎一の家の玄関のベルを鳴らし、靴を整え、挨拶して、ゆっくりと二階へ上がる。今までのように、ベルも鳴らさず、玄関のドアを開けたと思ったら、靴も脱ぎちらかし、何も言わずに二階へと駆け上がる、というのは、もう十四歳になったので、改めようと思った。

優花は「常識的」に実行し、慎一の部屋の前へと辿り着いた。部屋のドアをゆっくりとノックし、「優花です」とはっきりと伝えた。内側から「どうぞ」と慎一の声がした。扉を開けると慎一は、ベッドの上に座り、包帯を取り替えていた。優花には、もう昨日の夜のような慎一と会うことに対しての心の戸惑いは、なかった。まず、優花は慎一の痛々しい手を見つめ、「もう大丈夫？　よくなったの？」と気遣った。慎一は手を休めず、無言でうなずき、サングラスの若者のところに見舞いに行ったことを話し、「あいつは、全身がギブスと包帯になってて、自分のやったことには、もう十分に反省してたよ」と言った。優花にとっては、若者の横柄な態度しか印象になく、全身が包帯だらけになってしまった姿をうまく想像できなかったが、幼少の頃、母親から聞いた、「悪事を働いた者は、いつか必ず、される側の立場に立たされる」という教えを思い返した。確かに、あの世間を馬鹿にしているような横柄な態度では、みじめで哀しい怪我人の姿に陥ってしまったのも、当然の報いかもしれない……。

慎一はふと、「俺も、いつかはあんな風になる時が来るのかなあ」と優花に聞いた。「かもねっ」と優花は少しいたずら心で言ったが、すぐに否定した。

優花は、今日の早朝、変に早く目が覚めてしまって、久しぶりにピアノを弾いたことを慎一に話した。弾くことのできる曲目を何曲か話してみたが、慎一は小学生の時に学んだ「キラキラ星」しか知らなかった。「ねえ優花。ビートルズの〝レット・イット・ビー〟って曲知ってる？　母親がよく聞いていたんだけど、いい曲なんだよ……」と慎一が言うと、「ビートルズの曲をどこかのオーケストラがクラシック風にアレンジした曲しか聞いたことない……」と優花は答えた。

さっそく慎一は優花にも聞かせてみようとステレオの操作を説明した。

優花はビートルズの音楽を聞きながら、解説と訳詞を真剣に黙読している。A面を最後まで聞き終わり、レコードを裏返し、B面の最後まで聞き終わると、すっかり、ビートルズの音楽を好きになり、クリスマスまでの一ヶ月半までには〝レット・イット・ビー〟の曲を完全にマスターして、慎一に聞かせるよ、と約束した。

優花は急に立ち上がり、バレエの踊り子のようにくるりと一回転し、「ねえ、私、ちょっと、変わったでしょ」と言った。慎一はおそらく、髪を少し切ったのだと思ったが、どこをどういう風に切ったのかをうまく説明できなかったので、ここが少し大きくなった、と優花の胸を人指し指で突いた。指の痛みとともに、昨日の夜と同じ柔らかい感触が慎一の指に返ってきた。からかう慎一に優花は口を尖《とが》らせたが、痛がる慎一の指を気遣《きづか》った。

「髪、切ったけど、ちょっと前髪を切りすぎちゃった」と優花は前髪を触りながら、「どう、似合うでしょ」と慎一に言った。「髪を切っても、爪を切っても、優花は優花だからさ。それで十分だよ」と慎一は最高に誉めたと思っているが、優花は何か、ちょっと違うような気がして少しがっかりした。「優花に似合うよ」とか「可愛くなったな」と言って欲しかった。

……ふと優花はレコードがそのままになっているのに気づき、ステレオの方に向かった。慎一はベッドに座ったままで、まだ手が不自由なため、両足で優花の体を後ろから挟《はさ》んで、抱きつこうとしたが、失敗した上に、勢い余って、ベッドから滑り落ち、大きな音を立てて尻持ちをついた。優花は振り向き、痛がる慎一に笑いを殺して、安否を気遣った。慎一は、近づいてきた優花の唇に自分の唇を押しつけると、優花は静かに目を瞑《つむ》った。慎一は、夢を見ているような顔を改めて、可愛いなと思った。そして、今だ、目を瞑ったままの優花に、「僕は優花に悪事を働きたい」と口にした。優花は慎一が突然、何を言い出したのか、と驚いたように目を開けた。しかし、「悪事」と言っても、以前、慎一に話した性教育のことで、私とセックスしたいと言っているのだ、と何となく分かった。

優花は、「中学生の性行為」は講師の先生が話していたように、どこか罪を犯すような気がしてならなかった。怖い感じもするし、実際、失敗して妊娠などしてしまったら、両親に合わせる顔もない。要領も何も全く分からないので、不安だし何か変に恥《はず》かしい。しかし、一度は経験してみたい気もするが、今はまだまだ早いような気がしていた。慎一はいつかは誰でもするものだから、早いか遅いかの違いだよ、と気軽に話しているが、今はまだ先延《さきのば》ししたいけど……というのが本音だった。優花は性教育の講師の意見を素直に聞き入れ、忠実に守っていこうと固い決意を持っていた。いつかは慎一から性行為の誘いがあるとは予想していたが、こんなにも早く話が舞い降りてくるとは夢にも思ってなかった。

慎一は今、何をするのでも指の痛みを感じて、自由に何もできないため、クリスマスの日にしよう、と一方的に約束を持ち掛けた。あと一ヶ月半もしたら、指の痛みも大分消えているし、記念になると思ったからである。

優花は慎一の約束にひどく困惑したが、しばらく考え込んだ末に、全ての流れに逆らうように覚悟を決め、慎一の誘いを受け入れた。慎一となら、ひとつになりたいし、相思相愛の男女がひとつになれる、この世で最高に美しいことかもしれないと思ったからである。たとえ失敗して、妊娠してしまっても、赤ちゃんが生まれるだけだよ、と自分自身に強く言い聞かせた。

しかし、優花は赤ちゃんは可愛いし、欲しいなとは思っていたが、あの妊婦の滑稽《こっけい》な体形になるのだけは、どうしても嫌だった。

女性は妊娠すれば、誰もがお腹の突き出た同じような体形になってしまうのは、人体の生理の上で仕方のないことだし、世間も緩慢な目差《まなざ》しを振り向けてくれるが、優花にとってはどうしても嫌だった。妊婦のあの体形は、「王女の崩壊」の何ものでもない、と自分自身が妊婦となった姿を想像し、そう感じた。

優花は心の中で可愛い赤ちゃんが微笑む顔と自分自身の体が妊婦となって滑稽な姿に陥《おちい》ってし

まう「王女の崩壊」とが水と油のようにうまく溶け合わずに複雑な分離を呈していた。

……クリスマスの日までにはあと一ヶ月半近くあるが、優花はそれまでに心の準備を十分に整えるとともに性教育の時に配られたテキストをもう一度、読み返して少し性の知識を深めないといけないな、と思った。優花にとって、クリスマスを、不安と喜びの入り交じった単純でもあり、複雑でもある状態で迎えるのは、今回が生まれて初めてのことだった。

〝レット・イット・ビー〟は、楽譜を見て、二、三回練習すれば、完全にマスターできる自信はあったが、「性行為」の方はぶっつけ本番なので、余計に不安が増幅する。しかし、全てを割切って覚悟したら、なぜかクリスマスの訪れが次第に楽しみになってくるようにも思えた。優花はクリスマスの二つの約束を、慎一と初めて恋の約束を交わした時のように、そっと胸の奥に仕舞い込んだ……。

＊

「ねぇ、優花。学校の授業、どこまで進んだ?」と慎一は問い掛けた。明日は、父親の謹慎が解かれる日であり、一週間ぶりの登校となるため、勉強のことが気になっていた。というのは、この一週間、勉強のこともあまり意識になく、教科書を開くという心の余裕すらもなかったからである。ただ漠然と、勉強の遅れに対する焦《あせ》りだけがあった。指の痛みを考えると、部活の再開もあと二ヶ月くらいは無理だな、と思っていた。慎一は全てに対して遅れをとる自分自身に、少し苛ら立ちを感じていた。

「ねえ、優花、英語の授業って、どこまで進んだ?」とページを繰りにくそうにしていると、

「芥川龍之介の蜘蛛《くも》の糸を英訳したところまで、進んだよ」と優花は教科書を手に取って、ページを開いた。

先々週までの授業で進んだ箇所までを、しっかりと本自体が覚えていて、教科書を開くと、自然と先々週まで進んだところが正確に開かれた。

英語があまり、得意でない慎一は、アルファベットの文字がどうしても、死んだ蟻の行列のようにしか見えなかった。死んだアルファベットの文字が実際に生き返って、縦横無尽に走り回っても、死骸のままで教科書を上下左右に振って文字が入れ替わっても、慎一にとっては、視覚的には何らの不都合もないように思えた。

優花は英語と国語が得意だったので、一週間で進んだ箇所を正確に慎一に理解させることができた。「蜘蛛の糸」自体が元々、平易《へいい》な文章で書かれているので、あまり難しいものではなかった。

慎一はふと、「蜘蛛の糸」の挿絵《さしえ》が気になった。それは、ある罪人が自分だけが救われようと、蜘蛛の糸をたどって地獄から地上の世界に這《は》い上がろうとしていたが、途中で糸が切れてしまい、また地獄へと堕《お》ちてしまう姿を描いていた。慎一はその挿絵を見つめているうちに、その罪人の全てを恐れる顔の表情と、あのサングラスの若者が慎一に向けた表情とが恐しいほどに似て

いて、若者に暴力を振るった時の記憶が少しずつ蘇ってきた。

どうしても思い出せなかったあの状況――口から血を流し、顔の形が変わるほどになって、倒れている若者が、そのように到った過程が急に脳裏に鮮明に蘇った。慎一は、この挿絵の作者は的確に人間の本能を描き出しているなと感心したが、サングラスの若者の恐怖に満ちた表情が脳裏に描き出され、急に怖くなってきたので、教科書を閉じた。

慎一は、嫌な夢を見たと思って、早くあの恐怖に満ちた表情を忘れてしまいたいと思った。


優花はあまり勉強が得意な方ではなかったが、時間をかけてゆっくりと、現代国語、古典、歴史、地理と順に、自分の理解している範囲で、慎一に説明したが、数学や化学は、全く話をすることさえできなかった。理数系科目の説明は絶対に無理だな、と思った優花は、全ての科目を完璧にマスターていて、先生の小さな間違いをも的確に指摘するほど、頭の切れる友美を呼び出すことを思いついた。友美も慎一のことを心配していて、毎日、優花に状況を聞きに来ていた。

友美は慎一にとっての音楽友達で、よく二人で国内外のバンドのコンサートなどにも一緒に出掛けているが、あくまでも親友止まりだった。慎一は優花と友美が二卵性の双子だという話を以前、どこかで耳にしたことがあったが、二人とも周りの友達には、内緒にしているような雰囲気があったので、こちらから優花にも友美にも双子かどうかを確かめようとはしなかった。慎一にとっては、二人が双子でも三ツ子でも別に関係なかった。しかし、変に表情が似ているな、と前々から感じることも多々あったが、別人のように性格が違うし、住む家も苗字も違うので、本当に双子かな、と不思議に思うことも、しばしばあった。

――元々、双子に産まれた女の子は、別々に生きていく方が幸せになれる、という古来の慣習のもとで、友美と優花はその祖父の一存で、誕生とともに別々の人生を歩んだ。姉に当たる友美が、子のない実兄夫婦のもとで育つこととなったと後から聞かされた。

慎一は優花に、「友美のところに電話してみて」と勧めた。「廊下の突き当たりに子機があるから、そこから電話してみてよ」と言った。優花は慎一の部屋を出て、子機のあるところに向かった。

友美に連絡をつけるだけなのに、異常に長電話をしている。気になった慎一はまた、友美と他愛ないことをいつものように話しているのだと思った。しかし、慎一の部屋に戻ってきた優花は、結局、「友美は誰かのコンサートに出掛けて不在で、友美のお母さんと長話をしていた」と言った。慎一は話の長い二人の組み合せに納得した表情をしていたが、優花に「長い間、何の話をしてたの」と聞いてみたが、優花は小さく首を横に振って「何か、自分でもよく分からない」と答えた。

第三章　真冬の幽霊

1

友美はその日、コンサートに出掛けたのでもなく、図書館で趣味の勉強をしているのでもなかった。西新宿や渋谷の輸入レコード店を一人、ほっつき歩き、何か掘り出し物はないか、と血まなこで探していた。友美は、ただ単に喧《やかま》しいだけ、と優花が言う〝パンク・ロック〟を病的なほどに愛していた。

友美は〝パンク・ロック〟の代名詞とされる〝セックス・ピストルズ〟や〝クラッシュ〟のレコードは全て持っていて、〝ベルベット・アンダーグラウンド〟から、〝ジョイ・ディヴィジョン〟まで、〝パンク・ロック〟と分類されるグループのレコードをほとんど全て網羅《もうら》していた。

しかし、友美はジャンルにこだわらず、ロック以外にも音楽自体を破壊し、また暴力的に解体された、身も心も複雑骨折をするような衝撃的な音楽を、もっと他に多く知りたかった。暴力的に解体されたロックのリズムは友美にとって、自分の心音のリズムと酷似し、体内を所狭しと循環する血液の流れる音と酷似しているような気がした。

友美は休みの日のファッションも狂ったように強烈で派手であった。髪の毛の色は日によって異なり、ヘアスプレーで緑やオレンジや銀色で染め、うすい眉《まゆ》は濃いファンデーションで綺麗に塗《ぬ》りつぶし、目の縁《ふち》は大きく、濃いピンクやオレンジや黄緑色で隈取《くまど》られ、紫色や黄色や緑色のカラーコンタクトを着《つ》け、唇は、日によって黒や紫で彩《いろど》られている。

周りの誰が見ても、場違いな宇宙人のような恰好で歩いている。洋服も普通の店では売っていないようなものばかりを身に着けていた。

ピアスの穴も所々にはあったが、学校の規律で引っ掛かるため耳だけは避けた。鼻にする時が多かったが、舌にする時もあった。しかし、その音楽的嗜好や休みの日のファッションは過激そのものの友美ではあったが、強烈なメイクも綺麗に洗い流してしまえば、全国でも指折りの優等生で普通の可愛い中学生に戻った。

そんな友美と慎一とは音楽を通しての親友であった。一方、慎一は、やはり優花がただ単に喧《やかま》しいだけと言う〝ハード・ロック〟を愛した。特に、〝レッド・ツェッペリン〟を病的に愛した。

友美の勉強以外のもう一つの病的な嗜好は、大学で近代の西洋哲学や神秘学を教える父親の書斎に幼少の頃から慣れ親しんでいたこともあって、中世から近世にかけての「占星術」や「黒魔術」、「錬金術」、「カバラ」といったオカルティズムの研究書を助教授である父親の専門的な指導のもとに読破《どっぱ》することであり、「ＵＦＯ」や「心霊現象」といった非凡な世界に浸《ひた》ることであった。

＊

友美が再来週の土曜日の夜に、「幽霊見学ツアー」を計画していることを優花が耳にしたのは、二日前の金曜日の自習の時間だった。その時間は、元々数学の時間だったが、担当の先生が持病の心臓病で倒れ、その時間は自習となった。数学の嫌いな優花はもちろん、数学の先生が嫌いな友美も狂喜した。隣のクラスで授業をする先生が時々、見回りに来ていたが、自分の受け持つ授業に手一杯で、ほとんどの時間を生徒のみで過ごした。その日は、慎一が一週間休んだ週に当たり、その日から二日遅れて、慎一も優花から友美の計画を耳にした。

幽霊見学の話を耳にした慎一は、あまり気乗りしなかった。幽霊を見てみたい、という気持ちは十分にあったが、再来週ともなれば、もう十二月になっている。真冬に幽霊を見学に行くのは、少し変な感じもしたが、いかにも友美らしい計画だった。しかし、慎一はそれ以上に「幽霊」という言葉を聞いて、今年の夏に、クラスの友達の何人かとお化け屋敷に出掛けた時のことを思い浮かべた。その中には優花も友美も含まれていた。最初、優花は浮き浮きした顔でいたが、お化け屋敷の前に来ると、その表情も次第に曇ってきて、恐しさのあまり今にも泣きそうな顔になった。どうにか、お化け屋敷の暗がりの世界には、足を踏み入れたが、それからが悲劇と言うか、喜劇に近かった。優花は初めから、慎一と友美の手を力一杯握りしめていたが、二人とも手が痛くて、途中で振り払ってしまい、人の流れで三人がバラバラになってしまった。やがて、クラスの友達が全員、順にお化け屋敷の出口から出てきて、出口のところで自然と集まりができたが、優花一人だけ姿が見えなかった。慎一と友美が心配になって、後戻りするようにして、出口からお化け屋敷の中へと入り込み、二人で声を揃《そろ》え、大声で「優花、優花」と叫び回った。

しばらくして、ようやく頼りない蚊の鳴くような小さな返事がどこからともなく聞こえた。優花は慎一らと逸《はぐ》れたその場で泣きながら、うずくまっていた。

結局、優花一人のために、最後まで見つかりもしないコンタクトレンズを必死に探してくれたお化け屋敷の関係者にも多大な迷惑を掛け、友達みんなにも変な心配を掛けてしまった。慎一は夏のお化け屋敷での優花の悲惨な姿から、今回の「幽霊見学」での優花の姿も容易に想像できたし、その場に泣き崩れてうずくまり、押しても引いても石のように、全く動かないと予想できる優花の始末に手間取るのが面倒だったし、嫌だったので、「幽霊見学」にどうしても喜んで即決できなかった。

しかし、優花はなぜか今回も、「真冬の幽霊ってロマンティックね。一度、見てみたいな」と春が来たように浮き浮きした表情になった。優花の明るい笑顔を見ていると、不思議と慎一は、優花の面倒を見てあげたくなってきたし、真夏とは一味違う真冬の幽霊の顔も一度、見てみたい気持ちになった。

2

——「幽霊見学」の日の訪れとともに真冬が訪れた。教室の一番窓側の列に座る優花は、さざ波がゆっくりとこちらに押し寄せて来るような、クラス全員の静かな視線を感じた。優花はその時、授業に集中していて、何かあったのかな、と不思議に思いながら、黒板の文字をノートに写していると、一番奥の廊下側の列に座る友美が突然、「あっ雪だっ」と大声を張り上げた。優花はすぐに左を振り向き、窓の外の運動場の景色を眺めると、うすい白一色だけの世界に変わっていた。

一方、慎一は二時限目が終わると指の診察のため、学校を早退した。指の痛みも以前と比べると、ずいぶん消え、元々、骨に異常のなかった左手の指はほとんど完治していた。診察を終え、慎一は一度、散らつく雪を摑むように、拳《こぶし》に力を入れ、また手を広げた。そして、また拳に力を入れ、じっと左手を見つめていると、ふと目の前の道端にゴミの沢山《たくさん》詰まった黒いゴミ袋が二つ少し雪をかぶり、寄り添うようにして並んでいた。何となく、あのサングラスの若者が黒の革ジャンを羽織り、うずくまっているような感じがして、少し嫌な気分になった。

街は十二月を迎え、すっかりクリスマスの様相一色に満ちている。今日の午前中に少しだけ降り積った雪も、午後の陽の光が少しずつ解《と》かしていった。

街全体がいつもと違う飾りつけで、何もしていないのに、何となく浮き浮きした気分になってくる。

街の中央大通りまで差し掛かると、大きな広場でピエロと大道芸人が、大勢の人々の輪の中で、コミカルな動きを続けている。小さな女の子がピエロを指差し、目を真っ赤にして泣いている。背が低くて、輪の中の情景がよく見えない小さな男の子が父親に肩車され、小さな手で拍手しながら、ピエロの顔真似をしている。

全てが幸福に満ちていて、街自体が遊園地に変わってしまったような感じがした。慎一は周りの情景を目にしながら、駅前のバス停に向かった。


昼前に診察を終えたが、レコード店を何軒も回り、本屋で音楽雑誌を立ち読みし、楽器店なんかに寄ったりすると、夕方近くになり、人が込み合う時刻と重なった。

しばらくして、何台ものバスが来た。バスの扉が開いたと同時に、一瞬にして行列が車内へと消え、バスは鈍い動きでゆっくりと進み出た。

慎一は最寄りのバス停で降り、自宅へと向かった。途中、優花の家の前を通り掛かり、今のうちに、浮き浮きした〝王女〟の素顔でも見ておこうかと思い、家の呼鈴を鳴らしたが、優花は不在で、母親が玄関口から出てきて、優花が近くのスーパーに出掛けたことを教えてくれた。慎一はスーパーに何を買いに行ったのかと不思議に思ったが、優花が自宅に戻ってきたら、家に電話してもらうように、母親に言づけた。

……やがて優花は、電話も掛けずに突然、慎一の部屋の前に現われた。「スーパーなんかに何を買いに行ってたの？」と慎一は尋ねると、「今はナイショ。夜になったら、分かるよ」と言った切り、優花は何も言わずにそのまま姿を消した。優花は時々、意味の分からない行動をとる。それも結局は、的外れすぎて普通に考えても理解できないことが多かった。しかし、その天使のようなミステリアスは美人の必要条件の一つなのかもしれない。

——ノックの音とともに、ドアが少しだけ開き、再び、優花の顔だけが少し現われた。慎一は、もう既に自宅に戻ったものだと思っていたが、「慎一のお母さんの手伝いをしてたんだあ」と夕食の仕度を手伝っていたことを自慢げに話した。

優花は、夜の七時に友美が父親の車で迎えに来ると言っていたので、それまでに自宅に戻ればいいと踏んで、慎一の母親と少し早めの夕食の準備に取り掛った。今日は異例で、慎一と優花と慎一の母親という稀な組合せで夕食を摂《と》ることとなった。

三人の話の話題は、慎一の指の骨折に集中したが、問題の右手の指もほぼ完治する目処《めど》もついていたので、「今日はそのお祝いよ」と言って、慎一の母親は喜びの表情を見せた。ふいに、「二人が将来、結婚してくれたらな」と少し冗談まがいに言った。優花は、もう約束済みです、という言葉が喉《のど》元まで出ていたが、食事と一緒に飲み込んだ。しかし、一度でいいから、同じ一つの屋根の下《もと》で、慎一と一緒に生活してみたいな、と思った。

三人は食事を終えると、慎一の母親と優花が、食器の後片付けに取り掛った。優花は流し台とテーブルの間を何度も往復した。慎一は、まだ包帯の残っている右手の指をゆっくりと撫《な》でている。慎一の母親と優花は、仲よく肩を並べ、何か楽しそうに相槌《あいづち》を打ちながら、皿の汚れを一枚一枚丹念に洗い流した。約束の時間までには、まだ少し余裕があったが、優花は〝真夜中の活動〟の準備のために、先に自宅へと戻った。慎一の母親も一緒に行きたそうなことを口にしているが、大きな荷物が、もう一つ増えるので、慎一は丁重にお引き取り願った。

3

友美の父親は大学で近代の西洋哲学を学生に教える傍《かたわ》ら、十八世紀のドイツの哲学者カントの研究をし、その研究論文をまとめた書籍も何冊か刊行している。人生の全てをカントに捧げると豪語し、生活行動も厳格なカントを真似ている。友美は、「お父さんが大学でカントを教える先生だから、時間通りに優花のとこに行くから、遅れないように外で待っててね」と言ったが、優花は時間に遅れないことと、大学でカントを教えていることが頭の中でうまく折り合わなかった。また友美のいつもの小難しい話かな、と思ったが、友美の父親が時間通りに迎えに来てくれることだけは理解できたので、あまり深く考えなかった。

優花は後々《あとあと》になって友美から聞いた話によると、カントはかつて、常に同じ時間に同じ場所を散歩するので、その周りの農夫たちが、カントの姿を時計代わりにするほど、生活ぶりが規則正しかったという逸話が残っているらしかった。優花はそのカント同様に友美の父親も時間には正確だよ、と伝えたかったために話したことだと理解できたが、その時に「カント」という言葉が初めて人の名前であることを知った。

優花は時間に遅れるどころか、友美の父親の車の色も型《かたち》も知っていたので、今か今かと自宅の前で待ち構えていた。すぐその横に立つ慎一は優花の変で派手な姿を見て、ただ呆れるばかりで、さすがは友美の双子の片割れだと、その時に確信した。その優花の姿とは、縦縞《たてじま》の虹色模様をした毛糸のプロレスラーマスクを被《かぶ》って、頭には赤のヘルメットをつけている。首にはオレンジ色の手ぬぐいを巻き、カメラを吊り下げていて、中身の不明なリュックサックを小さな肩に背負っている。

ジャンパーも斜《なな》めに線の走る虹色模様で、ピンク色のジーンズを穿《は》き、手にはなぜか、スコップを持っている。

やがて、約束の時刻ちょうどに友美の父親の白のワゴン車が現れ、優花の派手な姿を見て、友美の父親は、「ほら、友美。優花はヘルメットなんか被って、一昔前の全共闘みたいな恰好してるよ」と言った。しかし、友美は「全共闘」という意味がいまひとつ理解できなかった。

優花は確かに一昔前の「全共闘」の姿に派手な彩りを添えた状態に近かった。優花は火炎ビンの代わりにスコップを持つカラフルな全共闘であった。友美は優花が〝カラフル全共闘〟として武装した恰好を見て、自分も端《はた》から見ると、あんな感じで人の目に映るんだ、とつくづく実感した。そして、優花はやっぱり私の片割れだと、思うと何となく嬉しい気持ちになった。

さっそく、慎一と〝カラフル全共闘〟はワゴン車の後部座席へと乗り込み、目的地を目指した。慎一と優花は、目的地を最初から聞かされていなかったために、友美父娘に全てを託した。友美父娘は、目的地の明確な場所を把握していなかったので、「次の信号を右かな」とか「ちょっと違うなあ」とか「ここら辺りかな」という頼りない会話を繰り返した。優花は後部座席で気を失うくらいに緊張し、慎一は、ただ呆然《ぼうぜん》と真冬の星空を眺めていて、冬の夜空の象徴であるオリオン座の三つ星を無意識のうちに捜した。

出発からちょうど二時間くらいして、友美が目的地にかなり近づいてきているのを伝えようとして、後ろを振り向くと、優花は例の虹色マスクで表情が全く判断できなかったが、頭の揺れ具合からすると、眠っているような気がした。慎一は終始、星空を眺めたままでいる。少しずつ、人里離れた場所に近づいている証拠に照明の数が極端に減ってきている。空気が澄んでいるため、星の一粒一粒がより一層、鮮明に浮き出ているようにも見えた。

ワゴン車が舗装されていない道を通っているために、強い揺れを何度も感じた。友美の父親も幽霊屋敷のおおよその場所しか把握《はあく》しておらず、結局、前方が金網で突き当たりとなったところで車を止め、車外へと出た。その後を友美も追随した。二人とも銀色の懐中電灯で辺りを照らしながら、足元を確認し、一歩ずつゆっくりと歩を進めた。前方を見ると、巨大な暗闇しか目に映らない。後ろを振り返ると、遠くの国道で何台もの車が数珠《じゅず》つなぎに走っていて、幾本もの光の線を引いている。

友美父娘がゆっくりと先に進んでみると、急に友美が、「あっ池だっ」と大声で叫んだ。二人はこの金網が大きな沼を囲っているものであるのが分かった。次第に巨大な暗闇にも目も慣れてきて、大きな沼を囲むようにして樹々が立ち並び、遠方には目的の幽霊屋敷らしき建物がおぼろ気ながらに浮かび上がった。池からのどんよりと漂う生臭い匂いが鼻をついたが、寒さで鼻の感覚が半減している分、すぐに慣れてきて、何とも思わなくなった。

慎一は友美父娘に同行したくて、早く車から脱け出したかった。しかし優花の座っている側にしかドアがなく、優花の小さな肩を何度も揺り動かしてみても、微動だにせず、一向にらちがあかなかった。まだ少し痛む右手をかばうような体勢で少し不自由を感じたが、慎一は優花をどうにか飛び越え、車外への脱出に成功した。すると目を覚ました優花が慎一に張り付こうとして、すぐに車外へと飛び出してきた。慎一は優花のリュックから懐中電灯を二つ取り出し、用途の分からないスコップやカメラを後部座席に置いて、ワゴン車のドアを力いっぱいに閉めた。優花はすかさず、慎一の背中に張り付いたが、慎一は優花の赤いヘルメットの縁《ふち》が背中に当たって痛かったので、ヘルメットを優花の頭から取り、車のワイパーに引っ掛けた。それでも優花は終始、無言で立ち尽くし、暗闇がマスクを被る優花を一層気味悪くさせた。

慎一が友美父娘の元へと急いで走り出すと、優花も慎一の元へと駆け出し、また慎一の背中に張り付いた。また、優花の変な病気が始まったな、と慎一は思い、「おんぶしてやろうか」と言ったが、「友美がいて、恥しいから、嫌だ」とすねた調子で優花は答えた。慎一はもう、面倒になってきたので、優花一人をその場に残して、友美父娘の元へと駆け出し、ようやく辿《たど》り着いた。すると、優花はまた慎一を追い駆けてきた。

四人が一塊りとなって、大きな沼に沿ってゆっくりと湾曲しながら進んでいる。辺りは沼から漂う生臭い匂いで充満していて、時々、風の仕業《しわざ》で木の枯葉が擦れ合う音が妙に気味悪く感じた。暗闇の沼で、何かが飛び跳ねる水の音も変に耳についた。

慎一は、終始無言の優花が背中に張り付いて歩きにくかったので、また、友美の父娘との間に少しずつ距離ができた。友美父娘が慎一らの遅れに気づくと、一時的に歩を止めるが、すぐにまた、先に進んだ。

しばらく歩いたところで、時々、雲の切れ間から顔をのぞかせる月の光で、少し遠くに、大きな古い西洋風の建物らしいものが、鮮明に浮かび上がった。友美は建物に気づくと、急に駆け出し、建物の前で立ちすくみ、懐中電灯で照らした。

その大きな建物は全てが、朽《く》ちているようで、倒産してそのままのホテルかマンションか誰かの別荘といった感じであった。長年、人の手が加えられていなくて、入口は壊《こわ》れ、内側から無理矢理、大きなベッドがはめ込まれている。幾つもある窓のガラスは、ほとんどが割られていて、元々の窓と扉との見境のつかない箇所がいくつもあった。

友美は一階の窓と思《おぼ》しき箇所の足元に、赤茶色の少し大きめのレンガを三個見つけ出し、ゆっくりと壁に沿って積み重ねた。そのレンガに足を掛け、部屋の中を覗いてみると、古い机やベッドらしきものがひっくり返っていて、古い雑誌や煙草の吸《す》い殻《がら》や空缶、割れた窓ガラスの破片などが散乱していて、洗っていない洗濯物の腐ったような匂いが、強烈に鼻腔を突いた。

友美以外の三人は、ゆっくりと歩を進め、ようやく建物の前に辿り着いた。慎一は終始、背中にしがみつく優花を鬱陶《うっとう》しく思っていたが優花は突然、その場にしゃがみ込み、慎一の手を強く引っぱり、怖いからもう帰りたい、と言って少し泣き声になった。

友美の父親は、涙を流す優花を不憫《ふびん》に思い、優花の目の位置に合わせるように、腰を降ろし、「優花、おじさんと車の中で休んでいよう」と優花の背中を何度も摩《さす》った。

慎一は今まで辿《たど》ってきた道をゆっくりと戻って行く二人をしばらく見つめていた。足元を照らす懐中電灯の二つの光が時に重なり、時に激しく揺れながら進んでいる。二つの光が沼の途中辺りになった時、慎一は友美の元へと急いだ。

友美は相変わらず、建物の中に侵入しやすい場所を探し出すために試行錯誤し、何かに取り憑《つ》かれたように無口だった。

再び、積み上げた赤いレンガの上に足を掛け、少し背伸びをして、窓の縁《ふち》にガラスの破片が残っていないかと確認しながら、両手を乗せた。自力では部屋の中へと侵入することができなかったため、慎一に肩車をしてもらい、力まかせにジャンプして、侵入に成功した。友美は着地と同時に運動靴の裏に割れたガラスの軋《きし》む鈍い感覚を覚えた。慎一は赤いレンガの上に乗ったまま、背伸びをし、懐中電灯を二つ友美に手渡した。そして、窓に手を掛けジャンプし、無事に部屋の中に着地できた。まだ、完治しない右手の痛みもあまり感じなかった。

歩を進める度に、足の裏に理解不能な感触があり、変に柔かいものを踏んだり、硬いものを踏んだりした。

慎一と友美の「二人組」は廊下らしいところに立ち、足を運ぶ度に、不可解な足音とともに、ねずみの小さな鳴き声が沈黙の廊下に響き渡った。糸くずのような蜘蛛の巣が顔にへばりついても、友美はあまり気にならなかった。


しばらく進むうち、その先に大きな空間を見つけ出した。その大きな空間の中に立ち、回りを照らしてみると、その空間がこの建物の玄関になっているのが分かった。その玄関は、半円を描くようにしてあった。すぐ右側に大きな下駄箱が備えつけられており、戸は開けっぱなしで、大小、不揃いの靴《くつ》が辺りに散乱している。玄関の両端には、大理石でできた女性像が二体、客を迎えるようにして立っているが、一方の像には首がなく、もう片方の像は両腕がなかった。

床には色褪《いろあ》せた朱色のカーペットが敷き詰められている。

大きな玄関を入った突き当りには、螺旋《らせん》階段が備え付けられてあり、上の階へと連《つら》なっていた。足元にシャンデリアのガラスの破片が飛び散ったままの状態にあったが、螺旋階段の吹き抜けとなった最上階に取り付けられていたものが、何かの拍子でそのまま、一階へと落下したものであることが分かった。「二人組」は螺旋階段に足を掛け、ゆっくりと上の階へと登った。途中、誰かが赤のスプレーで大きな落書きをしている。

二階へと辿り着き、部屋を懐中電灯で照らしてみたが、幽霊らしいものの影も形もなかった。ただ腐った匂いに満ち、乱雑な空間が明かりで照らされ、映《うつ》し出されるだけであった。次の三階へと足を運んだ。三階も一階や二階同様に、腐ったようなカーテンがぶら下がっていたり、古いテーブルや椅子がひっくり返っていて、壁には少しひびが走り、崩れているところも所々あった。まだ上の階があるのが分かって、ゆっくりと向かった。四階は今までの階のように部屋として、区切られておらず、一面が大きなフロアとなっていて、舞踏会や立食パーティーを催《もよお》すことのできるほどの広い空間になっていた。

階段はまだ上の階へと連なっているのが分かり、先へと向かった。しかし、上の階へと登るにつれて、少しずつ階段の幅が狭くなってきた。次の階には部屋がなく、階段の突き当たりには、西洋風の丈《たけ》の高い番《つがい》になった出窓が現れた。出窓からはちょうど月の光が優しく注ぎ込み、丸い形をこちらに向けている。まだ階段は上へと連なっているが数本の鉄の棒で上には上がれないようになっていた。「二人組」は頑丈な窓を開けて屋外へ出ようとしたが、長い間、閉じられたままであったために固まっていて、微動だにしなかった。慎一はまだ、右手に力を入れ辛《づら》く、左手で力いっぱいに押してみたが、まだ動かない。仕方なしに足で何度か蹴り上げてみると、番になった片方の窓が外側へと微《かす》かに動いた。その後を友美が蹴《け》り上げ、再び慎一が左手で力いっぱいに外側へと押し出すと、窓は最後まで開いた。もう一方の扉は、頑《かたく》なに形を崩そうとしなかったが、片方が開いただけで、外へと脱出することができた。窓を飛び越えて着地すると、屋根瓦の軋《きし》む鈍い音がした。屋外の様子を見回すと、一面が少し雪のかぶった青黒い瓦で覆われていて、足元は人が四、五人、座れるように平らな瓦が敷きつめられていて、「二人組」はゆっくりと腰を降ろした。

上を見上げると、建物の屋根が、円錐状の長い起伏が二本伸びていて、自分たちが、片方の円錐状の屋根の根元に位置しているのが分かった。周りにびっしりとはめ込まれた青黒い瓦が、月の光に照らし出されて輝き、魚の鱗《うろこ》のように見えて、童話の世界に出てくる巨大な魚の上に座っているような気分になった。巨大な魚は月の世界に住んでいて、月の光を体中、いっぱいに浴びながら、今にも元の住処《すみか》へと勢いよく舞い戻って行きそうな気がした。

友美は当たり前のように、ポケットから煙草を取り出し、一本くわえ、ライターの火を点火させ、一息し、大きな煙を吐いた。慎一は友美が煙草を吸うのを初めて知った。友美は慎一にも煙草を勧めたが、拒否した。慎一は幽霊に会えなくて残念そうにする友美に、いつから煙草を吸っているのか、親に見つからないのか、と立て続けに質問した。

——再び雲の切れ間から、月が金粉のような光を放ち美しく輝いた。友美は三ヶ月前くらいから吸い始めて、親は知っているが、「外では吸うな」と言われていると答えた。慎一は友美があまりにもおいしそうにして煙草を吸っているのを見て、何となく、一本吸ってみようか、と思った。友美は目の前に拡がる沼を湖のように大きく感じた。湖の波間は月の放つ金粉のような光と溶け合って、幾筋にも連なる金色の波の谷をいくつも描いた。

慎一は友美から煙草を一本もらって、先端に火を点じてみたが、火がうまく煙草の葉を燃やさない。友美から煙草の吸い方を教わり、再度、挑戦してみると火がついたが、煙が口いっぱいに充満して、咳《せ》き込んでしまった。慎一はしばらく苦しそうにしていたが、友美が慎一の背中をゆっくりと摩《さす》り、「最初は誰でもそうよ」と言って慰《なぐさ》めた。

友美は突然、咳き込む慎一に、「優花とセックスしたことあるの?」と聞いた。慎一は苦しそうにして、首を横に振った。慎一はもう一度、煙草を吸ってみたが、やはり苦しいだけだったので、瓦の雪で煙草の火をもみ消し、「友美はあるのか?」と聞いた。「まだしたことないよ。今、ここでやってみる?」と友美は口にしたが、すぐに撤回した。「優花に知れたら、刺されてしまうよ」と笑いながら、また煙草を吸った。

友美は先月の「性教育」のことを話し出した。「講師はどこかの病院の医者らしいけど、『中学生の性行為は罪です』何て面と向かって言われると、余計にしてみたくなるから、不思議だよね」

慎一は友美の言葉を耳にし、優花と物の考え方が根本から違うのをつくづく実感した。

「でも逆にお偉《えら》い先生から、もっとセックスやりなさい、男性の種が尽きるまでやりなさい。と言われたら、やりたくなくなるのかなあ」

と言って、咳《せ》き込《こ》みすぎて目の血走った慎一を見つめ、答えを待った。

「よく分からないけど、やっぱり、してしまうかもしれないね」

と言うと、「二人組」は揃《そろ》って笑い声を張り上げた。

……いつしか雲のかけらはどこかに消え、絵に描《か》いたように美しく輝く月だけとなり、ぼんやりと見つめていると、「二人組」は自然と無口になった。友美は月が手に届きそうなところにあるようにも見え、月の放つ光に触れて両手を金粉いっぱいにしてみたかった。そして、ふいに「将来、宇宙飛行士になりたいなあ」とつぶやいた。

慎一は優花のことが気になったので、「もう、そろそろ帰ろうか」と腰を上げた時、友美はふいに、遠くで自分と同じくらいの背恰好の女の子が屋根の上に立ち、下を向いているのを見い出した。目を擦《こす》り、もう一度、しっかり確かめても、やはり、半透明の女の子が浮いているように立ち尽くしている。あれが、噂の真冬の幽霊かと思い、慎一の腕を強く引っぱり、無言で指したが、慎一には全く見えなかった。

すると、突然、その女の子が屋根の上から飛び降りた。友美は小さな悲鳴を上げ、慌てて目の色を変え、窓から室内へ飛び込み、今までの道順を逆に辿り、不可解な感触を足の裏に感じながら、一階の窓を飛び越え、女の子が飛び降りたと思《おぼ》しき箇所まで駆けた。しかし、女の子の影も形もなく、「慎一ー、あれは真冬の幽霊だよ。間違いないよ。本当、この目でしっかり見たよ」と一人で興奮している。

「俺には、全然、見えなかったよ。でも、友美、本当？　ウソついてない？」

「ウソなんかついてないよ。ほんの一瞬だったけど、半透明の女の子が急に飛び降りたの見たもん。本当だよー。でも、最後に真冬の幽霊、見られてよかったあー。感動したあー」

「俺には全然、見えなかったけど、やっぱ、お化けって、見られる人と見られない人がいるのかなあ」

「そうなのかなあ。よく分かんないけど……」

＊

ワゴン車の中では、友美の父親がハンドルを枕替りにして居眠りをしていた。後部座席には、虹色のマスクを被ったまま両足を少し曲げて優花が眠っている。

友美は父親を激しく揺り起こし、「お父さん、真冬の幽霊、見たよ。ほんの一瞬。ほんの一瞬のことだったけどね……」

「どんな？」と父親は眠そうな目を擦った。

「半透明の女の子が屋根に立ってて、急に飛び降りたの」

「そうかあ。でも、それは飛び降りたんじゃなくて、急にふっと湧《わ》くように現れて、消えたんだよ。〝幽体離脱〟って現象だよ」

「ユウタイリダツ？」

「そうだ。人間の肉体は死んでも、霊魂は死なないからね……。昔、あの屋敷で自殺したか、亡くなった女の子の霊なんじゃないかなあ」

「そうなのかな。でも、よかったあ」と友美はまだ感動が治まらず、一人で興奮している。

やがて帰途につき、「二人組」が既に車の中に乗り込んでいるのも知らず、優花は少し風邪《かぜ》ぎみなので、時々、変な鼾《いびき》をかいた。その度、車内は笑いの渦《うず》に包まれた。

4

優花は次の日、友美に電話を掛け、

「友美、昨日はごめんね。私、どうしても怖くて我慢できなかった。お父さんにも迷惑掛けちゃって、謝っててね」と言った。

「別に気にすることないよ」

「昨日は気がついたら、ベッドの中で眠ったけど、どうだった？　真冬の幽霊見れた？」

「見れた。見れた。感動したあー」

「どんなの？」

「女の子の幽霊が屋根から飛び降りたの」

「えっ、うっそー。見たかったなあ」

「ほんの一瞬のことだったけどね……。でも、優花。〝幽霊見学ツアー〟第二弾も計画中だから、次は怖がったらダメだよ。優花は〝王女〟なんだからさっ」

「分かったよおー」

「慎一だと頼りないから、今度は私が優花を守るよ」

「ありがと。その時はよろしくね」と言って、優花は電話を切った。

優花は慎一にも謝らないといけないと思い、直接、家へ向かった。

「……友美は女の子の幽霊を見たって言ってたけど、俺には全然、見れなかったよ」

「どうして？」

「幽霊は見れる人と見られない人がいるんだって」と慎一はつまらなそうにつぶやいた。そして、少しだけ煙草を吸ったことや友美とセックスについての話をしたことも優花に白状した。以前、友美は優花にも煙草を勧めたことがあったが、優花はどうも吸いたいとは思わなかった。煙を見ているだけでも体に悪そうだし、第一、あの臭い匂いがどうしても肌に合わなかった。

「女の子は将来、子供を産むから煙草は吸わない方がいいよ」と慎一が言うと、

「男の子も将来、間違いなく肺ガンになってしまうから吸わない方がいいよ」と優花は慎一の口真似をして言った。


優花は〝セックス〟の話を聞き出そうとしたら、慎一は自分の手で優花の口を塞《ふさ》いだ。〝セックス〟の話をしたがらない慎一に対して、優花は嫌な感じがした。「幽霊屋敷で友美としてしまったの？」と少し疑った。しかし、慎一はゆっくりと首を横に振り、「話だけだよ」と言った。

「好奇心」の化身のような友美は、自分の興味が湧いたことには何の見境もなく、貪欲《どんよく》に何でも実行してしまうので、優花はその場の勢いに乗ってしまったのか、とまだ少し慎一を疑った。

ふと、慎一は優花の気持ちが知りたいために、「お化け屋敷に行くのと、初めてセックスするのとではどっちの方が怖い？」と、ちょっといたずらな質問をしてみた。すると、優花は少し悩

むような素振りをして、「やっぱり、セックスかな」と恥しそうに小さな声で答えた。優花は心の中で、社会一般で見ても、まだまだ早すぎるように思えたし、恥しいことなので、もっとふたりが大人になったらしようよ、と口にしたかったが、慎一の誘惑を断るのも何となく嫌だった。

優花は、〝ぼんやりとした不安〟という名の底なし沼に足を踏み入れ、どこまでも潜《しず》んで行って、身動きが取れないような困り果てた表情をした。慎一は不安そうにしている優花を気遣い、「今、怖いのなら、怖くなった時にしようか?」と言った。しかし、優花はゆっくりと首を横に振り、今にも泣き出しそうな表情をして、「大丈夫。大丈夫だよ」と頼りなく答えた。

＊

「優花ちゃーん、チーズケーキが焼けたよお」と一階から、慎一の母親が優花だけを呼ぶ声が聞こえた。優花に気づかせるために、慎一の母親は、階段の照明のスイッチを入れたり、切ったり、パチパチと音を立てている。その度に少し開いていた慎一の部屋のドアのすき間から、明かりが点いたり、消えたりしているのが見えた。慎一の母親は普段、あまりケーキを好んで食べない慎一をあえて呼ばなかったが、優花はケーキは食べなくてもいいから、一緒下に降りようよ、と慎一の肘を引っぱった。

いつもだったら、ひとりで行けよ、と優花を突き離しているところだが、今は不安に満ちた表情の優花の気持ちを察して、慎一は、「一緒に降りるよ。一緒に降りるから」と慰《なぐさ》めた。

慎一が先に立ち、ドアのノブに手を掛けようとした時、優花は背後から慎一を強く抱きしめた。慎一は少し苦しがったが、優花は背中に顔を埋めたまま、「もう大丈夫だよ。心配掛けてごめんね」と言った。優花の声は少し濁って、背中全体に響いた。

慎一は後ろを振り返り、優花を見つめると泣いているのに気づき、そんなに怖いのか、と優花を可愛いそうに思った。

「泣いてるの？　大丈夫？」

「うるさいっ。ばか」

「せっかく、人が親切に言ってあげてるのに」

「うるさいっ」と言って、優花は涙を慎一の胸で拭《ぬぐ》った。

「さっ、ケーキ、食べに行こうよ」

「私のこと、いじめた罰として、慎一の分も全部、もらうからね」

「何もなくても、人の分まで食べてしまうくせに」と慎一が口にすると、優花は大きな瞳に涙を浮かべながら、口元が少し笑った。

第四章　薔薇色の怪物

1

次の日、慎一は約一ヶ月ぶりに部活の生活に戻った。同じバレーボール部のメンバーも慎一を囲んで、その勇士の復活を拍手で迎えた。しかし、部活の生活に戻ったとは言え、まだメンバー全員がやっているような激しい運動ができるまでの回復には到らず、右手に力を入れると軽い痛みが微《かす》かに走った。慎一はメンバーの一番後ろに追《つ》いて軽いランニングをしたり、既に完治している左手だけの腕立て伏せをしたり、とまだ単独の行動が多かった。慎一はただボールに触れているだけで、時の経《た》つのも忘れた。適度な運動で心もすっきりした。

部活を終えての帰り際、慎一は満足げに「久々の復活」を優花に話し、その復活を喜ばしく思った。「今、慎一へのクリスマスプレゼントで、手編みのマフラーを編んでるんだよ。でも、クリスマスまでに完成するか、ちょっと気掛り……」

「……ちょっと気掛り？　さっき、友美が〝ブリリアントな気掛り〟って優花の物真似してたよ」

「何それ？　意味全然分かんない。別にどうでもいいけど……。ねえ、それより慎一。次のテストで数学の点数悪かったら、部活止めなきゃいけなくなった。お母さんがテストの点数悪かったら、専門の家庭教師をつけるって言ってた。バレーボールで突《つ》き指してピアノが弾けなくなるのも心配してるみたいだし……」

優花は数学のテストがある度、いつも友美のことを羨《うらや》ましく思った。母親のお腹の中で一緒に育ち、会話を交わすようにして、少しずつ人間の形へと成長し、同じ日の同じ時刻に生まれて、そんなに苦労しているようには見えないのに、全科目が常に全国でもトップクラスで、もう一方は必死に努力しているつもりだけど、いつも中の上くらいの成績。もし、母親のお腹の中にいる時に入れ替っていたら、今頃は成績優秀で王様のような気分を味わえるのにな、と思った。

慎一は優花に、数学の先生に質問するよりも友美に教えてもらう方が早く理解できるよ、と口にしたが、すでに学校の勉強のほとんど全てを友美から教わっていた。優花は国語や英語などの文科系科目は容易に理解し、すぐに頭に入っていくが、理数系科目、とりわけ数学だけは全く理解できない。不可解なxやyの記号を見ているだけでも不愉快になってくる。変な立体的な図形の容積など、優花の将来にとって何の意味もなさそうにも感じている。

友美は優花にとって幸い、どちらかと言えば、理数系科目の方が得意だった。優花は数学の先生に理解できない箇所を質問しても、どうもうまく意思が伝わらない。インド人とアフリカ人との会話ほどに思いが伝わらない。結局、途中で質問すること自体に興味も失《う》せて、そのままになってしまっていて、テストが近くなると、友美に泣きついているのがいつもパターンであった。しかし、いつも友美から懇切丁寧《こんせつていねい》に数式や図式の説明を受けても理解しているような、してないような感じであった。優花は別にバレーボールが好きで部活を続けているわけではなく、ただ慎一と同じ部に属していたいだけだった。しかし、家庭教師だけは勘弁して欲しかったので、今週は部活を休んで、友美の指導のもとで勉強しようと心に決めた。

「友美は中学を卒業したら、高校なんか行かなくても、東大に入れるんじゃない？」と言った。

「そんなことないよ。でも勉強の得意な女の子なんて、男に煙たがられるだけだよ」

「そんなことないよ。友美のことが羨《うらや》ましいよ」

もともと、「数学」という学問は古代ギリシャ時代、男性による研究で発展してきた、完全な男性の勝利の産物だと、友美は言った。優花はふと、「じゃあ、女性は今までに何を研究してきたのかな？」と問い掛けた。すると、友美は何のためらいもなく、「研究の得意な男性を産み続けてきた。女性にしか子供は産めないからね……」と答えた。

「そうか、そうすると、男性より女性の方が偉大で賢いんだ」と優花が言うと、二人は似たような顔を見合わせ小さく微笑んだ。

優花は少し恥しそうにして、「セックス」の話を持ち掛けた。幽霊屋敷で慎一とどんな話をしたのかも、聞き出したかった。しかし、友美は今のところ、「セックス」には興味がなく、慎一とも例の「性教育」の講義の話をしただけ、と軽く答えた。友美はある友達から、初めてセックスした後に空を見上げたら、いつもの青空が黄色く見えて、世界も今までと少し違って歪《ゆが》んで見えた、と聞いた事実をそのまま優花に話した。その友達は青色が黄色く見えるほどショックだったことを言いたかったが、何に対しても素直に聞き入れて、信じ込んでしまう優花は、未知の世界にでも、どっぷりとはまってしまって、現実の世界に戻ることができないのかな、と少し不安に感じた。

友美は、「一本、吸わしてもらうよ」と言って立ち上がり、窓を大きく開け、煙草に火を点じた。窓からは真冬の冷たい空気がとめどなく流れ込んできたが、友美は自分の吐いた煙も冷たい空気とともに室内に流れ込んできたのを気づかなかった。優花は煙草の煙を吸って咳き込んだが、友美は、「寒かった？　ごめんね」と言って窓を閉め、煙草の火をジュースの空缶の縁《ふち》でもみ消し、吸い殻を缶の中に入れた。しかし、空缶の中から漂う煙草の匂いは、友美にとっては特別な匂いと感じなかったが、優花は匂いがきつくて気分が悪くなりそうだった。優花は煙草の匂いが日頃、煙草と縁のないものにとって強烈に不快なのを永遠に気づかないだろうな、と思った。しかし、優花にとって、友美は仲の良い親友以上の関係にあって、お互いが全てを話し合い、小さな相談事も二人で真剣に考えた。優花は他に親友がいないわけではなかったが、友美にしか話せないことが多く、友美も優花にしか話せないことが多かった。それは結局のところ、人生の目指す方向が天と地ほどに逆であったために、相手を客観的に見れるからかもしれない。友美は将来、「宇宙飛行士」となって宇宙の果《は》てを旅してみたいと言い、優花は「慎一のお嫁さん」

となって、早く女の子を産みたい、と言った。こんなにも二人の気質が異なるのは、おそらく同じ母胎から同じ時刻にこの世に生まれ出た、一個の人間の特性が二つに分かれて、それぞれに備わったからかもしれない……。

2

……ようやく、無事に期末のテストも終了し、あとは楽しみの冬休みを迎えるだけとなった。優花は、今回も数学の点数が良くないと踏んでいたため、母親の目を逸《そ》らそうと躍起になった。済んだことを悩んでも、仕方のないことなので、優花はすぐに心を入れ替え、手編みのマフラーが遅れがちなことを少し焦《あせ》った。あと十日間近くで仕上げないと間に合わない。完成できただけでは不十分で、見た目も綺麗にマフラーらしく仕上げないといけない。

優花は編み物の本の挿絵を見ながら、ゆっくりと進めているが、どこから過《あやま》ってきたのか分からないが、少しずつ見本のカラー挿絵のものとは少し違っているような気がした。一度、乗り掛かった船だから、途中で投げ出すのも嫌なので最後までうまく仕上げたいが、最後まで辿《たど》り着けないような気もする。だけど、既に今の状態でも左右のバランスが明らかに違う。手を掛ければ掛けるほど、形が歪《いびつ》になってきて、少しずつ丸みのある玄関マットに近づいているような感じもしてきた。また、最初から始めるには時間が足りない。結局、優花はいろいろと悩んだ末、母親に軌道修正してもらうのが一番だという考えに行き着き、母親に頼んだ。すると、母親は器用にスイスイと手慣れた手付きで糸を外《はず》していき、誤り始めた箇所に目星をつけたが、ほとんど最初から過っていた。優花はこうなったら意地でもクリスマスまでに間に合わせ、美しく完成させよう、と再度、意を決した。

しかし、優花はそれ以前に少し考えが甘かったのかもしれないと思った。編み物のテキストをそのまま実行していけば、誰でも容易《たやす》くできるものだと思っていて、ちょっとした力の掛け具合、いや細かなテクニックが掴めていなかった。生まれて初めて編み物に挑戦するため、仕方のないことでもあったが、優花の天性の不器用さが容易なことも困難なものへと変えたのだった。

慎一も同時期、優花にクリスマスプレゼントをしようと考えていた。結果的に誕生日には何も渡せられないままになってしまっていたため、今度は優花に欲しいものを選んでもらうのではなく、自分で考えようと思った。優花の誕生日の時にデパートに赴《おもむ》き、女の子へのプレゼントには、おおよその予習ができていたが、慎一は直感で香水を贈りたい、と思った。香水は消去法で思いついた。洋服などの衣類や指輪や靴だとサイズをはっきりと掴めていないといけない。実際に試着してみないと、ぴたりと寸法に合うかどうかも分からないといけない。日頃、優花と身近に接していても、指や足のサイズの話題が出れば別だが、知らない。とにかく、寸法を測るのは、誤りを犯しやすいと思った。優花にプレゼントするものを先に気づかれたくないこともあって、変にサイズを聞き出すのも嫌だった。その点、香水だと寸法も気にする必要もないし、多少匂いの好き嫌いはあっても、誤《あやま》りは絶対にない、と思った。

そこで、慎一はデパートの香水のみを扱っているコーナーに足を運び、若い女性の店員に様々な種類の香水の説明を受け、一つ一つの匂いを嗅《か》いでみた。どの種類の香水も人工的だが瑞々《みずみず》しい匂いをしていた。しかし、慎一は次第に鼻の奥が痛くなってきて、気分も悪くなりそうだったので、端的に「王女のイメージに合うものをください」と頼んだ。

女性の店員は少し困ったような表情をし、二、三の品を選んでくれたが、慎一はどれもいい匂いをしていたので、それらの香水の入れ物のうちで色と形が気に入ったものを一つ選んだ。その香水の銘柄は今までに聞いたこともないものだった。入れ物はうすいピンク色で、形は蝶の標本をそのまま形取ったようなものであった。慎一はそのピンク色のガラスの蝶々を手に取って、揺らしてみると、香水が透き通った蝶々の体の中で行き場を失って迷っているようにも見えた。

慎一は代金を支払い、店員に小さな花柄の包装紙で丁寧に包んでもらった。これで優花へのクリスマスプレゼントの準備も完璧だ、と思った。

＊

友美はクリスマスも正月も寒空も関係なく、都内の輸入レコード店をほっつき歩いていた。友美はクラブ活動には参加していなかったので、学校が終わると、すぐにその足で自由にどこへでも遊びに行くことができたが、ここ最近、その足も自然と輸入レコード店へと向いた。

友美は慎一同様に、ただ好きなアーティストのレコードジャケットを見つめているだけで至福の時間が流れた。友美は輸入レコード店に足繁《あししげ》く通ううち、一風変わった身形《みなり》の人種とも親しく情報交換ができるようになった。

友美はここ最近、毎日レコードを購入しているが、今日も親しくなった輸入レコード店の店主から紹介されたレコードを何枚か購入した。ポップアート風《ふう》のジャケットをしたドイツのバンド〝ノイ!〟のレコードを三枚、〝スロッビング・グリッスル〟というイギリスのノイズ系バンドのレコードを一枚、あとはブライアン・イーノがプロデュースする〝NO　NEW　YORK〟というパンクロック系のレコードを一枚、計五枚のレコードを購入した。友美は特にジャケットを一目、見て、〝NO　NEW　YORK〟を早く聞いてみたいと思った。それは、四つのマイナーなバンドが演奏するオムニバス盤で、表のジャケットは、〝パンクロック〟の亡霊が彷徨《さまよ》う心霊写真を彷彿《ほうふつ》とさせた。裏ジャケットは、〝パンクロック〟の亡霊を葬《ほうむ》ったかのような尋常でない表情をした十六名のミュージシャンたちが指名手配者のように写し出されている。

五枚のレコードを手にした友美は一秒でも早く聞きたくて、走るようにして家路についた。

友美はレコードジャケットで一番気に入った〝NO　NEW　YORK〟を取り出し、レコード針を落とした。友美は一曲目から、完全にやられた、と思った。A面を最後まで聞き終わり、身も心も複雑骨折を負されるほど感動した。しばらくは身体《からだ》が震えて足腰が立たなかった。もう一度、最初から聞き始めると、同じ感動が今度は心臓を凍らせた。友美は〝NO　NEW　YORK〟のレコードが私の全てだと思った。今まで聞いたレコードの中で一番好きになった。今度、絶対に慎一にも聞かせてあげたい、と思った。

*

優花は相変らず、編み物に四苦八苦の状態だった。クリスマスの日まであと一週間を切ってしまい、どうにかマフラーも半分近くまで編めたが、何となく前回と同じような状態で妙にどこかおかしい。また最初からやり直すにしても日数もあとわずかしかない。優花は残念だったが、途中でリタイアせざるを得なくなった。来年のバレンタインデーまでには、間に合うように、編み物の練習を基礎から始めないと、悪い癖でもつくかもしれないと感じた。しかし、マフラー一本も編めない女性はその魅力が半減するし、恥しい気がする。編み物の不得意な女性は、電気の配線をうまく繋《つな》げない男性同様にやはりどこかおかしいとも思った。

優花はマフラーの代わりに何か別のものをと考えたが、うまく思いつかなかった。ピアノの演奏する曲目をもう何曲か増そうと思いついたが、慎一にしたら、クリスマスプレゼントとしては何か物足りないに違いない。時間的制約から手作りのものは難しいと考え、ケーキを作るのもひとつの手だと思いつつ、しかし、ケーキさえも作れないし、慎一は甘いものがあまり好きではない。いつも、優花がほとんどを平らげてしまうのでプレゼントとしては成り立たない。優花はこの際、慎一に一番欲しいものを聞き出して、プレゼントしようと思った。

3

今日から、学校の体育館も年末年始の使用不可期間に入ったため、部活も十日間近くの休みとなった。優花は慎一の今、一番欲しいものを聞き出すために、慎一のもとへと向かった。慎一は最近、家の壁にひびが入るほどの大きな音量で、〝ハードロック〟を聞いていることが多かった。そのため、慎一の父親は近所迷惑になると思って、慎一にヘッドホンを買い与えたが、そのヘッドホンからも音が漏れていて、今、何の音楽を聞いているのかが手に取るように分かった。ヘッドホンを耳に当て、片肘《かたひじ》をついて寝ころびながら、〝ハードロック〟に酔っていた。フルボリュームで音楽を聞いているので、優花が慎一の部屋に足を踏み入れても、すぐには気づかず、慎一の背中を蹴飛ばして初めてその存在に気づいた。

今日も慎一は片肘をついて寝ころんでいたため、優花は何も言わずに蹴飛ばしてみると、面倒くさそうにゆっくりとヘッドホンを外したが、生返事をするとすぐにまた、ヘッドホンを耳に当て直した。仕方なしに、もう一度、蹴飛ばしてみると、また面倒くさそうにヘッドホンを外《はず》して、「何?」と言ったきり、優花の言葉を聞く前にヘッドホンを耳に当て直した。優花はついに頭にきて、部屋から飛び出し、しばらくの間、少し開いたドアのすき間から、慎一の様子を窺《うかが》ってみた。しかし、慎一は優花が部屋にいなくなっているのに全く気づいている様子もなく、変に頭を振ったり、手でギターを弾くような恰好をしている。変な宗教の信者のように何かに取り憑《つ》かれているような感じであった。優花は今の慎一に何を言っても無駄だと思って、一人哀しく自宅へ戻った。

自宅のリビングでは、優花の母親が椅子に腰掛け、二日後のクリスマスのための手作りケーキの案を練っていた。チョコレートにするか、イチゴと生クリームにするか、と悩み、今年こそは少し不器用な優花に作らせてみようか、と考えていた。ちょうど、その時、口を尖《とが》らせた優花が自宅に戻ってきたので、その心意気に期待したが、「クリスマスの日は、学校の友達と遊びに行く約束をしてるから」と変な苦笑いを浮かべ、逃げるように二階へと駆け上った。優花の母親は、家族団欒でクリスマスを迎えるのは、小学生までだと半ば諦《あきら》めた。

優花はもう一度、〝レット・イット・ビー〟を練習しようと思いついた。実際の曲を何度も耳にしているので、メロディの流れは完全に摑めている。楽譜を見ながら、弾いてみると、自分でも完璧だと感じた。

しかし、優花はピアノを弾くたび、音感は天才的だと自信を持てたが、ケーキを作ることなんて、ほとんど不可能に近いと思った。編み物も凡才以下だし、部屋の整理整頓なんて、もっとダメだと思った。このまま大人の女性になったら、不器用だからと言って、苦笑いで誤魔化《ごまか》せないような気がする。そう考えると、将来が不安になる時もあった。今ならまだ間に合うと自分自身で言い聞かせても、何から手を付けていいのか、全然分からなかった。

でもピアノに向かっている時の自分が一番、自分らしくなれるような気がした。優花はふと、ピアノは自分自身の全てを映し出す鏡かもしれないと思った。今、その鏡に映っているのは、小学生の頃の自分だった。あの頃は今と違って、まだ人を真剣に好きになることを知らなかったし、大人になることへの不安もなかった。ただ楽しいだけの時間が流れていた。あと十年たったら、二十四歳になっている。もし、その時にピアノに触れたら、急に何かに不安になったり、ふいに小躍りしたくなるほど急に歓びが込み上げる、懐しい今の自分を思い出すのかもしれないと想像した。

＊

優花は予算の関係からも、慎一の欲しいものをどうしても聞き出したかった。そう思うと、自然とまた慎一の元へと向かっていた。すると、慎一は相変らず、耳にヘッドホンを当てている。今度は座ぶとんを枕にして、うつぶせになっていて、ヘッドホンの位置が慎一の耳と少しずれていた。優花は眠っているのかな、と思ったが、〝最も騒音に近い音楽〟を聞きながら、眠るという行為は不可能に近いのではと思って、また慎一の脇腹を蹴飛ばしてみた。しばらく、反応を見つめていたが、微動だにせず、優花の存在さえも気づいている素振りもなかった。慎一の背中に馬乗りになったが、それでも動かない。ヘッドホンからはずっと〝騒音〟にしか聞こえない音が流れている。〝騒音〟に麻痺《まひ》して、ついにあの世にでも行ったのかな、と思ったが、慎一の顔を覗いてみると、やはり熟睡《じゅくすい》している。

騒音を聞きながら、居眠りできる神経は天然記念物級だが、優花には〝騒音〟にしか聞こえない音楽も慎一にとっては、「救済」の音楽なのかもしれない、と思った。つい先日、友美も電話で「複雑骨折、複雑骨折」と口にして、飛び上がるほどに驚いたが、理由《わけ》を聞いたら、何のことはない。友美もやはり、もっと騒音に近い音楽を聞いて、複雑骨折するほど衝撃的に感動したことを伝えたかったらしい。

慎一や友美の音楽的感性は全く理解し難いものだが、二人の〝騒音への熱い思い〟を身近に感じていると、少しずつ分かるような気もしてきた……。

このままでは慎一は風邪をひいてしまう、と思ったので、ヘッドホンを外し、ステレオの主電源を切った。ベッドまで慎一の体を持ち上げるのは無理なので、優花は毛布を取りにベッドへと向かった。すると、足首を急に何かに摑まれた。優花は驚いて振り向くと、慎一の左手が延びてきつく摑んでいる。慎一は眠そうな目を擦《こす》りながら、優花が来るまでの間、心地良い眠りに陥っていたが、優花に脇腹を蹴られた上に、背中に乗られたため、「痛くて目が覚めてしまったよ」と口を尖らせた。「ささやかな暴力、有難うございました」と慎一はゆっくりと脇腹を摩《さす》った。

優花も申し訳なさそうにして、そっと脇腹を摩る慎一の手に自分の手を重ねた。

優花は心の中では慎一に、クリスマスに欲しいものを聞こうとしたが、「例の約束を、今したい」と口にした。セックスをずっと不安がっていた優花の言葉に慎一は耳を疑い、何度も優花に聞き返したが、無言のまま首を縦に振った。慎一は緊張のあまり、何から手を付ければいいのか分からず、何とはなしに部屋の明かりを消した。夕方であるにも拘らず、真冬で陽が沈むのが早くなっているため、辺りはうす暗い世界に変わった。幸い、家族の誰もが外出していて、家の中には二人だけが残されたままになっている。

慎一は右手を庇《かば》いながら、自分の服をゆっくりと脱ぎ捨て、生まれたままの姿になった。優花は無言でベッドに座ったままでいて、闇に浮かぶ慎一の姿を見つめていた。闇に浮かぶ裸の慎一は別人のように見えた。慎一は優花のそばに張り付くようにして座り、ゆっくりと優花の洋服を脱がせた。下着だけの姿になった時、あとは優花自らが全てを脱ぎ捨てた。

慎一は優花の滑らかで柔かい肌に触れた。以前、セーターの上から触れた時よりも優花の柔かで滑らかな優しさを感じた。その優しさに包まれ、慎一の下半身も素直に反応して垂直に固くなり、明確な意志を示した。

慎一は、固くなった性器を優花の柔かい手で包み、強く握っていて欲しかったので、怖がって嫌がる優花の手を無理矢理に捕《とら》えて、導いた。優花が慎一の男性器に触れた手を、その上から自分の手を被《かぶ》せるようにして力を入れた。辺りが暗くて、はっきりと表情が分からないが、優花はずっと目を瞑《つむ》っているような気がした。

慎一はゆっくりと手を離し、ひどく強張《こわば》った優花の体をそっと仰向けに寝かせた。優花の胸に耳を当ててみると、異常な早さで脈打つ心臓の均等なリズムが聞こえた。それからしばらく、ふたりは抱き合ったままでいると、慎一は突然、下半身の奥底から尿意とは違う居心地の悪い感覚を覚えたと同時に何かが吹き出して、無上の解放感で満たされた。しかし、慎一は急に夢から目覚めたようにベッドから脱け出し、部屋の明かりをつけた。その居心地の悪い感覚が液体となって、性器から吹き出し、優花の胸元から左の肩にかけて、白い線を引いた。優花もその時、胸元に熱い一本の線が引かれたのを感じた。あまりにも急な出来事で最初、何が起こったのかが理解できなかった。

優花は慎一の言うとおりに順《したが》って、体の位置を変えないままでいた。慎一はあたかも定規を当てたかのように真っすぐに引かれた白い線の処理を急いだ。処理がすみ、優花が上半身をゆっくりと起こすと、白い線はまだ先に延びていて、敷布団《しきぶとん》にまで繋《つな》がっていた。今度は優花がその処理を急いだ。処理が終わると、優花は終始、下を向き、「恥しいから、電気消して」と小さくつぶやいた。慎一はうす暗い中で輝くセピア色の優花でなく、今のままの優花を見つめていたかったが、優花の言うことに従った。

再び、うす暗い世界に戻ったら、ふたりは不思議と饒舌《じょうぜつ》になれた。慎一は優花の体がいつの頃から、大人の女性みたいになったのかを聞いた。確か、慎一の記憶では、今年の夏休みには一緒にプールに行かなかったので、昨年の夏のことだったと思うが、その時はまだ、小学生の体型の延長だったような気がする。今年の体育の授業でのプールの時間には、あまり意識して優花の体を見ていなかったので、慎一の記憶にある優花の体型は、小学生の時のままの男女大差のないものでしかなかった。慎一は優花が急に別人になったようにも思えた。

慎一は一階で何かの物音がして、誰かが帰ってきたことに気づいた。ふたりは焦《あせ》り、服の着用を急いだ。うす暗くて、物がよく見えなかったため、明かりをつけたが、急に部屋を明るくしたら、しばらくの間、目の奥に変な残像が浮かび上がった。慎一は自分よりも優花の服の着用を先に考えた。もしもの時は、慎一が裸のままでベッドの中に潜《もぐ》り込めばいい、と咄嗟の判断が働いたからである。優花は裏返しになっている下着やセーターを器用に元に戻し、全て着込むことに無事成功した。

慎一はまだ裸のままでいた。

優花は極度に緊張した男の性器を初めて見た。それは今にも血が吹き出しそうな薔薇色をしていて、変に動物的で慎一の意志とは別に存在しているように見えた。ただ寡黙で常に上を向き、勝ち誇ったように自信ありげな様子でいる。

慎一も急いで服を着ると、その薔薇色の小さな怪物は姿を消した……。

……優花は恥しくて慎一と目を合わすことができずに外方《そっぽ》を向いたまま、〝レット・イット・ビー〟の曲を完璧に弾けるようになったよ、と言った。そして、少し照れくさそうに、

「マフラーはクリスマスまでには間に合いそうもないから、その代わりに何か欲しいもの、ある?」

と聞いた。

慎一はすぐに、ツェッペリンのレコードでまだ持ってないものが頭に浮かんだ。優花はツェッペリンのレコードには全く興味がなく、題名も知らないので、欲しいレコードの題名を紙に書い

てもらった。慎一が二枚でもいいか、と聞くと、優花は迷わずに承諾した。

慎一はノートをちぎり、『Ⅱ』、『Ⅲ』とだけ書き記した。優花は紙片の内容もしっかりと確認せずに、そのまま四つ折りに畳《たた》んでジーンズのポケットに入れ、二日後のクリスマスの日までに、必ず買い揃えておくことを約束した。慎一は本音を言えば、いくら優花のお手製のマフラーとは言え、ツェッペリンのレコードの方が断然、欲しかったので、優花の天性の不器用さに心から感謝した。

4

優花は次の日、最寄りのレコード店へと足を運び、慎一の書いた紙片をそのまま女性の店員に手渡し、「このレコードをください」と言った。しかし、若い女性の店員は書いている意味が分からないらしく、首を傾《かし》げながら、別の男性の店員に紙片を手渡し、何か話し合っている。紙片には、ただ『Ⅱ』、『Ⅲ』としか記されていない。優花は歌手の名をうろ覚えで記憶にあったが、思い出せずにいた。男性の店員も数あるレコードの中から、『Ⅱ』、『Ⅲ』という暗号めいた記号だけで調べるのも困難な作業であった。

男性の店員は優花に詳細の質問をしたが、優花は、「ただうるさいだけの音楽で、ギターがギンギン鳴っているだけです」と説明した。男性の店員は、しばらく考え、「ツェッペリンですか?」と聞くと、優花はうろ覚えのグループ名を思い出し、「そうです。それです」と答えた。

優花は二枚のレコードを携《たずさ》え、レジに向かった。すると、先程の女性の店員に、「プレゼント用ですか?」と聞かれ、「そうです」と答えた。が、「少々、お値段が高くなりますけど、よろしいですか?」と言われ、どのくらい高くなるのかを聞いた。しかし、その金額では財布の中身全部をかき集めても、不足するので、優花は女性の店員に、「そのままでいいです」と言い直した。優花はレコード二枚を購入できたので、あとは自分でプレゼント用に作り変えようと思った。

しかし、女性の店員は、目くばせをし、無料で「プレゼント用」として、綺麗に包装してくれた。

優花は女性の店員の親切な気心に触れ、感謝の気持ちを素直に表《あらわ》して、店を後《あと》にした……。そもそも、優花は慎一が自分よりもこの二枚のレコードの方に魅《ひ》かれているのが、あまり気分の良いものではなかった。しかし、慎一の喜ぶ笑顔を心に思い描くと少しは満足できたが、優花にとっては、ツェッペリンの音楽がどうしてもうるさいだけのものにしか思えず、はっきり言うと嫌いだった。そして〝レッド・ツェッペリン〟に対して少し、嫉妬した。慎一が好きで聞いているから、何かの縁があったのだと思うが、もし慎一が聞いていなかったら、永遠に耳にすることはない、と断言できた。

慎一はクリスマスを迎える歓びよりも、ツェッペリンのレコードが手に入ることにしか興味がなかった。『Ⅱ』、『Ⅲ』で今、発売されているツェッペリンのレコードが全て揃う。レコードも楽しみだったが、優花との「例の約束」も早く成就させたかった。しかし、昨日は完全に失敗に終った。極度に緊張していて、何が何だか分からないうちに終わった。優花に柔《やわ》な面を見られたくないばかりに気丈に構えていたが、下半身は素直に反応した。体は正直だとつくづく実感した。

いつものように慎一はヘッドホンを耳に当て、友美から借りたレコードを聞いていると、急に誰かが脇腹に強烈な蹴りを入れた。振り向くと、優花がまた怒ったような表情で腕組みをして、何かを話している。聞こえない慎一はヘッドホンを外した。

優花は今日の夜、つまりクリスマス・イヴの夜に、両親と弟が映画を見に行くらしくて、家には誰もがいなくなるため、優花の部屋で「例の約束」をしよう、と伝えにきたのだ。両親や弟の強引な誘いを断ったので、誉《ほ》めてくれよ、と言わんばかりの表情をしている。両親と弟が外出したら、また呼びにくると言ったきり、優花はそのまま姿を消した。

……それから数時間後に、優花は、「家族全員が今、外出したから、早く、すぐ来て」と慎一に電話をかけた。慎一は香水のプレゼントを携《たずさ》え、優花の部屋へと向かった。そして、優花を驚かしてやろう、と思い、呼び鈴も鳴らさずに、そのまま音を立てずに階段を登り、ゆっくりと優花の部屋の前に現れた。しかし、部屋にはおらず、慎一の背後から、優花は「ワッ」と大声を上げ、逆に慎一を驚かせた。

部屋の中央の小さなガラスのテーブルの上には、樹液が固まったような形をしたオレンジ色と黄色のろうそくが二つ、火がつけられてないままにあった。その横には、種類の違うケーキが二つだけ、小皿に盛られている。

優花は慎一に笑顔を向け、二つのろうそくに火を点《つ》け、部屋の明かりを消した。すると、部屋がちょっとした幻想的な空間に生まれ変わった。いきなり、優花は「では」と言って、黄色い方のろうそくをピアノの台の上に置いた。そして、そのまま、「優花のテーマ曲、いきます」と言ってピアノに向かい、楽譜も見ずに、十八番《おはこ》の〝エリーゼのために〟を弾き始めた。流れるような音色が幻想的な空間と相俟《あいま》って、ふたりを甘美な花びらに覆われた花の中にいるような気持ちにさせた。

優花は、〝エリーゼのために〟を弾き終わると、くるりと慎一の方を振り向き、感想を聞きたがった。慎一が笑顔で拍手をすると、優花は慎一ひとりの拍手が百万人の喝采《かっさい》よりも価値あるものに感じた。次に優花は〝キラキラ星〟を、続けて、慎一の期待どおり、〝レット・イット・ビー〟を弾き始めた。慎一はピアノに向かう優花の緩やかな曲線を描く背中がどことなく、恰好良《い》いものに思えた。

優花は、〝レット・イット・ビー〟を弾き終わると、また慎一の方を振り向いた。何か最高の誉《ほ》め言葉を言って欲しそうな表情をしているが、慎一は優花の演奏に夢見心地な気分になり言葉を失い、無言のまま、香水のプレゼントを手渡した。

優花は箱の中身が何かと知りたくて、耳のそばで一度、ゆっくりと振ってみた。しかし、それだけでは箱の中身が分からないらしく、不思議そうな表情をして、包装紙を丁寧《ていねい》にはがすと、中からピンク色の箱が顔を覗《のぞ》かせた。箱の中からは、蝶々が羽を拡げたところを象《かたど》ったうすいピンク色のガラスの容器が出てきた。

慎一は、「毒だよ」と言ったが、優花は香水であることが分かっていて、手のひらに二、三回吹きかけ、鼻に近づけた。すると、優花は、「いい匂ーい」と言って部屋中に吹き掛け、香水の甘い匂いで部屋中を満たすと、数多くの小さなガラスの蝶々の分身が、幻想的な空間を小さな羽を拡げ、飛び回っているような感じがした。

優花は慎一に何度も、「ありがとう」という言葉を発し、辺りに香水を吹きかけた。数え切れないほどの小さなガラスの蝶々の分身で部屋いっぱいにしたかったからだ。しかし、慎一は香水を殺虫剤のようにしている優花に、「匂いが強すぎると逆に臭《くさ》くなって、蝶々の分身がみんな死んでしまうよ」と言って、適当なところで制した。

優花は素直に蝶々をテーブルの上にそっと置くと、同じガラスのテーブルと同化し、ピンク色の蝶々が宙に浮いているようも見えた。

優花はまた、ガラスの蝶々を手のひらに乗せ、ろうそくの火に照らして、中身の液体をゆっくりと左右に揺らしていたが、急にレコードのことを思い出して、蝶々をテーブルの上に置き、慎一にプレゼントのツェッペリンのレコードを、「はいっ」と言って手渡した。

慎一はピアノを弾く時の優花の口ぶりを真似て、「では」と言って急に立ち上がり、電気をつけた。そのまま、服を脱ぎ捨て、生まれたままの姿で仁王立ちになった。優花は目の遣《や》り場に困った様子だったが、昨日と同じ様《さま》でいる小さな怪物が嫌でも目に映った。今日も昨日と同じく、固くなったまま上を向いている。優花は最初、その〝薔薇色の怪物〟が慎一の手足とは別物のように感じていた。しかし、しばらくすると、何となく怖そうで少し暴力的な感じもするが、この〝薔薇色の怪物〟も手足同様に慎一の身体の一部か、と思うと少し愛らしいものにも思えた。

慎一はまた、電灯を消すと、昨日同様に優花の手を強く引っぱり、〝薔薇色の怪物〟へと導こうとしたが、嫌がる優花はすかさず、ろうそくの火を吹き消した。

やがて、〝薔薇色の怪物〟は、優花の温かくて包み込むような優しさに満ちた体の中に収《おさ》まった。優花は少し体を強張らせ、体の中に入っている〝薔薇色の怪物〟が刃物か何かに変質したように感じた。

しかし、行為を終えた慎一は楽園にも最も近い天国から突然、悪魔の住む地獄の奈落の底へと突き落とされたような気持ちに陥った。行為を無事に成就させることだけに夢中になっていて、避妊する術《すべ》を完璧に忘れ果てていたからである。優花は全てを慎一に順《したが》うしかなく、終始、緊張気味で避妊のことなど、完全に頭の中になかった。

優花は慎一の口からぽつりと出た言葉に恐怖に近いものを感じ、世界の終わりを感じた。慎一も優花同様に焦《あせ》り、空がゆっくりと堕《お》ちてきて、空に押し潰されるような感覚を覚えた。

優花は常日頃《つねひごろ》、基礎体温をノートにつけて、グラフ化している訳でもなく、今月の生理が訪れた日を元に計算し、来月も今月と同様のものが訪れるのかどうかの〝最後の審判〟を待つしかなかった。性に関する知識を十分に習得したとは言えないふたりは、無知から来る不安の恐怖にただ怯《おび》えるしかなかった。

優花は恐怖に怯える慎一の横顔に、「大丈夫だよ」と言った。慎一は優花に何か秘策でもあるのか、と少し期待を持って聞いたが、明確で説得力ある言葉は返って来なかった。優花も大丈夫だよ、とは言ったものの、確たる自信もなく、避妊に失敗したのかどうかの中途半端で落ち着かない〝華やかな悪夢〟という不安や恐怖に怯《おび》えた。

優花は、あの寡黙《かもく》で固い〝薔薇色の怪物〟を憎んだ。慎一は温厚で、いつも優花に対して優しく接してくれるが、あの〝薔薇色の怪物〟を初めて見た時から、何となく慎一の意志とは別物であって、変に暴力的な気がした。実際、〝王女の崩壊〟が現実となってしまう〝華やかな悪夢〟という不安の中にどっぷりと首まで浸かって、身動きの取れない状況に陥って初めて、優花の考えに間違いがなかったことが分かった。優花は、あの寡黙で固い〝薔薇色の怪物〟がいつか、ふたりの関係を壊してしまうかもしれない、という嫌な予感がした。

＊

――時が流れ、ついに、計算上の〝最後の審判〟の日が訪れた。しかし、当日もその次の日も、優花の「毎月来たるべきもの」は訪れなかった。慎一は意識を失ってしまうほどに〝華やかな悪夢〟を恐れた。優花も体調を崩し、学校を何日間か休んだ。

しかし、ふたりが全てを覚悟した〝最後の審判〟の日から三日目に、「毎月の来たるべきもの」が優花のもとに訪れ、ふたりに天来の福音をもたらした。

第五章　憂鬱な「バレンタイン」

1

一月の下旬、優花は慎一から残酷な知らせを聞いた。慎一の父親は関西を地盤とする都市銀行に勤務し、東京進出への足場を固めるために、有能な人材を積極的に東京へと送り込んでいた。慎一の父親もその一人であった。慎一が生まれた頃には、東京周辺に転勤を重ねていたが、今春にも父親に地元の関西に戻る順番が回ってくるらしかった。

慎一は関西に行くのは絶対に嫌だし、行く気もなかった。端的に言って、優花と離れてしまうからである。その上に、関西弁もうまく話せない。あの、人を馬鹿にしたような口調はどうしても真似《まね》できなかった。逆に慎一が関西に行っても、周りからは標準語を話していると、馬鹿にされるような気もするが、方言の問題なんかは些細《ささい》なことで、お互いみんなと打ち解ければ、全ては解決して行く。しかし、優花と離れてしまう問題だけは、解決不可能で、遠距離恋愛の関係を保つか、すっかりと別れてしまうかの、どちらかでしかない。親よりも大事に思っている優花と別れることは絶対に嫌だったので、遠距離恋愛の関係を保つしかなかった。しかし、慎一は遠距離恋愛の関係でも、優花がそばにいなくなったら、この先、どうなるのかがうまく想像できなかった。

慎一は父親に対して、転勤を取り止めるように強く言い張ったが、「転勤は会社が決断を下すことで、もし、関西への転勤の命令が出れば行くしかない。それがサラリーマンの悲しい性《さが》だ」と素《そ》っ気《け》ない答えしか返って来なかった。慎一は父親に、それなら、一人で関西でも九州でも行けばいいじゃないか、と言いたかったが、どうしても言えなかった。父親とも遠く離れて暮らすのは、少し寂《さび》しい気がしたからである。

慎一は父親の転勤の話を優花に話すと、「えっー、うそー」と言って突然、その場で号泣し始めた。優花にとっても全くの予想外の話で、その気持ちも哀しいくらいに実感したが、優花の号泣する姿を見つめているだけでも自然と涙が溢れた。慎一は、「もし、親の転勤が実際に決まったら、優花も関西に連れていくから。僕は絶対に優花と離れないから」と言って優花を慰めた。

「分かった。信じる」と優花は両手に伏せていた顔を上げ、二つの大きな瞳に涙を浮かべ、微笑んだ。

「でも、まだ決まった話じゃないんでしょ？」

「そうさ、今の段階では、そういうことになるかもしれない、というだけの話だから、もう忘れよう」

「私は絶対に嫌だからね」と言って優花はまた微笑んだ。

慎一はそれ以来、優花と一緒に過ごす時間を増やそうと決心した。優花は、やがては訪れる別れの日を慎一が強く意識しているのは、黙っていても、肌《はだ》で感じ取れた。それからは、慎一の横顔を見つめているだけでも、自然と涙の流れる時が多くなった。そんな時、慎一は優花を慰めようと些細な不安も明るく考えるように努めた。

＊

慎一はもう、優花以外のこと全てに対して、何の興味も失くなってしまった。あれだけ夢中になった〝レッド・ツェッペリン〟ももうあまり聞きたい、とは思わなくなった。ふたりで二年近く続けたバレーボールも、来年の高校受験を口実にして一緒に止めてしまった。しかし、受験は単なる口実で、ただふたりで過ごす時間を増やしたいだけであった。

――学校が終わり、意味もなくふたりで東京タワーに登った。真冬の夕方であるため、ふたりの目の前には既に美しい光の海が広く見渡せた。夜景の光の一粒一粒が小さな花びらのように見える。優花は、今の情景をさくらに喩《たと》えると、五分咲きくらいかな、と思った。慎一は限りなく広がる小さな光の海を見つめ、あまりの悲しみを打ち消したいがために、「優花、ここから一緒に飛び降りようか」と言った。優花は少し赤くなった瞳を慎一に向け、小さく頷《うなず》き、ふたりが悲しみから逃れた後の終焉《しゅうえん》の地が東京タワーだったら、何てロマンティックか、と思った。しばらく、茫然として夜景の光の粒を眺めていると、少しずつ花びらが綻《ほころ》び始め、いつしか満開のさくらにも似た夜景になっている。優花はさくらの花びらが一つ残らず、散ってしまうまで、ずっと見続けていたいな、と思った。

慎一はふいに、優花がそばにいてくれるだけで、やっと息ができるような気がして、「もう、今ここで結婚しようか」と突然、言った。優花はただ慎一を信じ、無言でうなずいた。

＊

ここ最近、優花の元気がないのに気づき、友美が声を掛けることが多くなった。その度、優花は、「何にもないよ」と口にしても、友美にはどこか普通とは違うな、という双子の片割れとしての勘が働いた。しかし、優花は突然、大きな瞳に大粒の涙を浮かべ、「慎一が関西に転校するかもしれない」と話すと、あまり物に動じない友美も、優花の言葉に少し驚きを隠せない表情をした。「関西だったら、新幹線に乗ればすぐだから、そんなに苦にすることでもないし」と話してはいるが、心の中で友美は、親友との別れがこんなにも悲しいものなら、恋人同士の別れは、その数倍も悲しいものにちがいないと思った。

しかし、友美は次第に何かに吹っ切れるように、「もし、慎一と離れてしまうことになったら、私が優花を守るよ」と言った。友美は優花が可愛い顔をしているのに、誰よりも優柔不断で泣き虫で人一倍、さみしがり屋なのを、生まれながらに知っている。

友美は「悩むのは、実際に慎一の転校が決まってからでも遅くないよ。物事は前向きに考えなきゃ」と言って、いつものように人指し指で優花の胸を突《つつ》いて、どこかに消えてしまった。今となっては、優花もそういう心持ちでいて、別れを悲しむのが取り越し苦労のような気もする。しかし、優花は慎一の口から前もって「転校するかもしれない」という言葉を耳にしたので、少しは心の準備ができたのを不幸中の幸いに思った。


優花は友美の言った通りに、物事を前向きに捉え、二週間後に控えるバレンタインデーのことを考えた。そして、去年の十二月に未完成のままになっているマフラーを完成させようと思いついた。しかし、マフラーを編《あ》む時間があるなら、今は少しでも慎一と一緒にいたかった。慎一と一緒にいながらにして、編むことも思いついたが、マフラーを編んでいる時の不恰好で情ない姿は絶対に見られたくなかった。今度こそは、自家製ケーキを作って慎一に自慢したい、と思ったが、やっぱり無理だと思った。バレンタインデーには、マフラーやケーキではなく、やはり、普通にチョコレートを渡そうと決心した。

優花はふと、去年のバレンタインデーに、母親が父親にプレゼントしていたチョコレートを思い出した。結局は父親以外の家族みんなで食べることになったが、味も形も最高級の物であった。確か、「G」のチョコレートで、箱の中には、十二個の小さなチョコレートが茶色の薄紙に包まれて、居心地良さそうに並んでいた。「ダイヤ」、「月」、「星」、「流れ星」、「音符」、「ブランドの頭文字の『G』」、「時計」、「数字の『5』」、「ハート型」、「ピラミッド」、「眼鏡」、「本の開いたところ」など、一箱に一つの種類しか入っていなかった。慎一なら、一つ食べるのが関の山で、本当のところは優花が単に口にしたかったために、去年の「G」と同じものにしようと考えた。チョコレートの「G」のことを考えているだけでも、妙に浮き浮きした気分になってくるし、何となく救われたような気分になってくる。別れを悲しんでばかりいると、疲れるし、できるだけチョコレート「G」のことを考えようと思った。

2

ここ最近、慎一の様子がどうもおかしい。発情期に近づいている動物みたいに人間の性欲の本能だけが一人歩きしているように見える。あの下半身の薔薇色をした怪物に慎一自身が完全に征服されているようで、変に「女性の体」にしか興味を示さない。口を開いたと思ったら、「胸が大きくなったのは何歳ごろからか？」とか「体の中に俺が入った時の感覚はどんな感じか？」とか恥しくて答えることのできないことを、わざわざ選んで聞いてくるような気がする。優花は慎一が完全に何かに操られて、しゃべっているとしか考えられなかった。

突然、舞い降りた慎一が転校するかもしれないという「別離」の悲しみに、ふたりが浸っていた時は、さすがに求めて来なかった。が、それから一週間経《た》ち、十日ほどして、次第に哀しみを少しずつ克服しつつある頃から、再び、ある種の「病い」が急に目覚めたように要求してきた。しかし、性行為をする以前の慎一と少し違っていて、優花の首から下だけにしか興味を持たず、首から上のことには全く関心を示さなかった。以前は髪を切ったら、少しは何らかの声を掛けたが、今は全然だった。

頭にきた優花は一度、紫色と黄色のコンタクトをして、慎一の前に現れてみようかとも考えた。しかし、たとえ、友美みたいに、髪を緑色に染めても、慎一の視線は優花の胸元や腰の辺りにしか向かないことは、おおよその予想がついた。優花はふと、友美の友達から聞いた話——初めてセックスした時に空が黄色く見える病気を思い出した。今の慎一を見ていると、あながち、友美の友達の話も嘘ではない、とつくづく実感した。そして、優花はゆっくりと腹部を摩《さす》った。もし、先月に「毎月の来たるべきもの」が訪れなかったら、と考えると急に体が震《ふる》えた。妊娠してしまったのかどうかの中途半端な気分に陥いる〝華やかな悪夢〟は、もう二度と経験したくないと思いつつ、また、二度目も失敗してしまった。不慣れな慎一は、優花の中で、ゴムが外れてしまっているのを、行為を終えてから気づき、結局、無防備と同じ状態になってしまった。再び、優花の元に〝華やかな悪夢〟が否応なく訪れた。

優花はまた、〝華やかな悪夢〟を意識して、憂鬱な時間を過《すご》さざるを得なくなった。それに、今月の「毎月の来たるべきもの」の予定日は十六日であり、間《あいだ》に重要なバレンタインデーを挟《はさ》んでいる。俗に女性の「毎月の来たるべきもの」は伝染病みたいに染《うつ》ると言われているが、今その期間中の友達のそばに寄って風邪《かぜ》を染されるように染してもらいたいくらいだった。優花はやがては訪れるかもしれない慎一との「別離」とチョコレート「G」と〝華《はな》やかな悪夢〟に全ての感覚を奪われ、哀しいことにチョコレートの「G」だけを普通に心待ちにすることができなくなってしまった。

＊

今年のバレンタインデーが月曜日であるため、その前日に優花は母親と一緒にデパートに出掛けることにした。優花は日頃、あまり口にできないチョコレートの「G」が待ち遠しかった。しかし、その「G」の背後には〝華やかな悪夢〟や慎一との「別離」の影が否応なくちらついた。

そもそも、世の男性はバレンタインという日に、女性からチョコレートをもらうことには喜びを感じるが、口にする喜びはあまりないように思う。慎一も同様でチョコレートを見ているだけでも、食べたような気になっているが、優花はチョコレートの湖で溺死しても、一生、悔いはないと思っているくらいにチョコレートが大好物だった。しかし、今の優花の心持ちはある面、憂鬱であり、チョコレート「G」の喜びも束の間の出来事にしかすぎなかった。それは、ちょうど、真っ白なパレットの上で悦楽や歓喜の象徴である「オレンジ色」が悪魔的で憂鬱な「黒色」と交じわり、次第にオレンジ色が黒に覆われ、ついには黒一色に染まってしまうのに似ている。まるで、人間の感情の原理が色彩の法則と酷似しているように、優花の心のパレットも複雑だった。

優花は母親と、デパートの地下一階に足を踏み入れると、「バレンタインフェア」と題して、派手な販売合戦を行なっていて、老若《ろうにゃく》を問わず、女性の熱気で蒸し返っていた。優花は母親を故《こ》意《い》にチョコレート「G」の店に引っぱり込もうと考えた。優花と母親は当初、一緒に女性の熱気の中に紛《まぎ》れ込んだが、群がる女性たちを擦《す》り抜けるのが早い優花と、そうでない母親との間に少しずつ距離ができた。先に「G」の店の前に立ち止まった優花は母親とはぐれてしまったのも気に掛けず、チョコレートの選別に夢中になった。やがて、優花に追いついた母親は、数あるブランドの中で、「なぜ『G』にしたの?」と不思議に思って聞いたが、優花が去年のバレンタインのチョコレートのことを話すと、母親は忘れかけた記憶が少しずつ蘇《よみがえ》り、納得した表情を浮かべた。

優花は「去年と同じものがいいな」と母親に話し掛けた。母親は別にチョコレートに特別な固執があるわけではないので、優花の好みに任《まか》せた。母親はむしろ、この女性の群がる場所から少しでも早く抜け出したかった。

優花は去年と同じものを探しているが、何度、見回しても見当らず、去年のものと似たような種類のものしか並べられていなかった。優花が口で細かく説明しても、不慣れな若い女性の店員は、「すみません、ちょっと分からないので、只今、聞いて参ります」と言って姿を消した。しばらくして、女性の店員は戻ってきたが、「お客様のおっしゃるのは、去年の限定商品でして……」と申し訳なさそうに答え、今年の限定商品を提示されたが、優花は何となく気に入らなかったので、別の種類のものを探した。

優花の母親にとっては、チョコレートであれば種類などは何でもよかったため、「何でもいいから、早くしなさい」と少し険《けん》のある声で優花に言った。そして、財布の中から、一万円札を取り出して、「同じものを二つ、買いなさい」と手渡した。

優花は、数あるユニークなチョコレートの中で、気に入った商品を数点選び出した。「クレオパトラの涙」「ミケランジェロの夢」「サロメの扇」「人魚姫の恋」……。ある物象を例えば、「クレオパトラの涙」なら、涙のしずくの形をデフォルメして、夢のある商品名を導き出して店頭に並べている。優花は悩みに悩んで、「サロメの扇」に決めた。それは、琥珀《こはく》色の薄紙に包まれた扇子の雛型《ひながた》が十二個入ったものであった。

優花は女性の店員に、「サロメの扇」を二つ注文し、包装してもらった。そして、二人は蒸し返す雑踏から解放され、エレベーターで三階へと向かった。三階の全フロアは、母親の主目的である女性服売場で、国内・海外のブランドの店が所狭しと並んでいた。優花は長時間、母親に付き合わされると思って、一階の化粧品売場で時間をつぶそうと考えた。母親とは十階の喫茶店で一時間後に落ち合う約束をして、母娘は別行動を取った。

優花は一階へと向かい、流行の色を見て歩くのもいいな、と思ったが、何となく屋上に上がってみようと思い、エレベーターに乗った。上の階へと上がるにつれて、途中から人の数が少しずつ減ってきて、最後は優花一人が残された。

屋上階はちょっとした遊園地になっていて、その横には、犬小屋の入口を模した大きなペットショップがあり、ビニールハウスで覆われた植木屋もあった。穏《おだ》やかな気候であれば、小さな子供たちが黄色い歓声を上げながら、遊園地を駆け回っている長閑《のどか》な光景に包まれるが、今、季節は真冬であり、冷たい空気が痛いくらいに吹きつける、ただの殺風景なだけの場所に陥っている。真冬の遊園地は真冬の海水浴場と同様に、本来楽しいはずの場所が季節外《はず》れであるために、ただ寂しいだけの場所へと変貌し、寂しさが一層、増してくる。

優花は一人、寂《さび》しい場所に降り立った。喧騒な気分が少し癒《いや》されたが、次第に寂しい気持ちに包まれ、ふと、慎一のことを心に思い浮かべた。もし、慎一と離れてしまうことになったら、永遠に真冬の遊園地の住人になってしまう。優花はそう思うと、耐えられない気持ちになり、待ち合わせの時間には少し早すぎるような気がしたが、十階の喫茶店に向かった。しかし、時計を見たら、母親と別れてから、十分くらいしか経っていなかったので、優花は一階の化粧品売場へと向かった。一階のフロアは一面、国内・海外ブランドの化粧品の店がびっしりと並んでいて、若い女性で溢《あふ》れていた。日頃、あまり化粧をしない優花は、流行の色や話題の品を手に取って、試してみる程度であった。

何気なしに、一つ一つを眺めながら、歩いていると、突然どこかで、「優花っ」と友美の声が聞こえた。ただ、漫然と歩いていた優花は立ち止まり、友美を探したがどこにも見当たらない。その場できょろきょろと見回していると、右手の丸い鏡の中から友美の妙な視線を感じた。

友美は若い女性の店員に孔雀《くじゃく》のような派手な化粧を施《ほどこ》してもらっていて、鏡越しに目だけが優花の方を向いている。優花は鏡に映っている華美な模様がついた大人びた友美の顔に呆気《あっけ》に取られ、鏡越しの会話が続いた。「次はカブキメイク？」と優花。「ちがうよ、宇宙人メイクだよ。それより一人で何してるの？」と友美。「お母さんとバレンタインのチョコを買いに来たんだ。今、お取込み中ね」と言って、友美がメイク中なのを気遣って、そのまま別れた。

優花はそれから、周りをきょろきょろしつつ、一つのマニキュアが目に止まった。それは薄い桜色をしていて、優花の好きな色であったため、つい衝動買いをしてしまった。そうしているうち、時計を見ると、母親との待ち合わせの時刻が近づいてきたので、十階の喫茶店へと向かった。

優花が予想したとおり、母親の姿はまだそこにはなかった。時間にはルーズな母親であったため、優花はいつものように、しばらく待たされることになるのかな、と思ったが、母親はすぐに姿を現わした。いつものように、両手に海外ブランドのロゴマークが印刷された大きな紙のバッグを抱えていて、少し疲れた面持ちで、何となく不機嫌そうに見えた。

母親は女性の店員にホットのコーヒーを注文すると、ゆっくりと椅子に腰掛け、煙草に火を点じた。優花は母親に化粧品売場で、友美に偶然、会ったことを話したが、あまり関心なさそうな相槌《あいづち》を打った。母親は最近流行の婦人用のスーツとエナメルのハイヒールを買っちゃった、と自慢げに話しているが、優花は母親の購入したものには、あまり興味がなかった。

優花の母親は、四十歳を少し超えた年齢だが、流行には目敏《めざと》く気が若いため、優花と二人でいると、少し年齢《とし》の離れた姉妹のように見える。母親はよく、「あんたと同い年くらいの頃は、お母さんの方がずっと可愛かったよ……」と勝ち誇ったように話しているが、常に母親をお手本にして早く大人になりたい、優花はいつもそう思っていた。

3

次の日、二月十四日は優花にとっての喜びが二つ、同時に訪れた。一つはチョコレートの「G」との一年振りの再会。もう一つは、計算上では十六日予定の「毎月の来たるべきもの」が少し早く訪れたことだった。それは朝の目覚めとともに訪れたようで、朝のトイレで確認された。

優花は十四歳にして妊娠してしまうかどうか、という薄氷を踏むような怖い思いはもう、うんざりだった。母親や友美やクラスの女の友達には相談できないし、当事者の慎一も他人事《たにんごと》みたいにただ怖がっているだけで、真剣に悩んでいる素振りもなかった。結局、優花一人で踠《もが》き苦しみながら、ただ時間《とき》が過ぎるのを待つしかなかった。しかし、二度目の〝華やかな悪夢〟も難なく過ぎ去ると、人は意外と容易には妊娠しないのかもしれない、という身勝手な考えを持った。現実に子供のできない夫婦も数多く存在するし、「妊娠」という問題は、いくら努力しても結末は神のみぞ知る、という一語に尽きた。ともあれ、〝華やかな悪夢〟も、独りでに過去の遺物へと変質し、〝自由の女神〟が優花に微笑んだ。しかし、優花は当面、慎一には内緒にしておこうと考えた。心配そうな素振りを見せているが、最近、会う度ごとに、人間の顔を持ったオウムみたいに、「例のモノ、来たか?」とか「今回も大丈夫、大丈夫」と同じことを他人事みたいに繰り返して言っていることへの天罰だ。それに、「毎月の来たるべきもの」がまだ訪れないとなると、慎一も執拗に性行為を迫ってこないとも思った。慎一に迫ってこられるのが嫌なのではなく、むしろ喜ばしいことなのだが、もうこれ以上性行為を重ねていくと、自分自身の中の大切な何かが消しゴムのように、少しずつ磨《す》り減っていくような気がして、嫌だった。

優花はふと、幼少の頃によく読んだ記憶のあるオスカー・ワイルドの童話『ナイチンゲールとばらの花』を心に思い浮かべた。特に慎一と性行為を初めて経験した時から、赤い血を見る度、どうしても頭にこびりついて離れない。

そのワイルドの童話は、親切で心の優しいナイチンゲールという名前の小鳥が、ある若い学生の純粋な恋を成就させてあげようと、恋心を抱《いだ》く女性が望む赤いばらの花を手に入れるため、ばらの棘に自らの胸を突き刺して血を流すという犠牲を払ってまでも、その赤いばらの花を手に入れた。ところが、学生の恋は成就せずに、哀れにも最後にナイチンゲールはこの世を去ってしまうという哀しいお話――。ナイチンゲールの胸を突き刺すばらの棘があの寡黙《かもく》な〝薔薇色の怪物〟で、ナイチンゲールという小鳥が優花自身。慎一の意志とは別だと考えたいあの〝薔薇色の怪物〟という棘が、どうしても理解できない性欲という、強固な欲求の解消のためだけに、無垢《むく》なナイチンゲールという優花自身の存在を壊してしまう。優花は一月《ひとつき》に一度、血の海に溺れるたび、自然とそう思うようになった。

優花は、無形の恐怖に怯《おび》え、どことなく落ち着きがなさそうで、何となく憂鬱そうな慎一に淫《みだ》らに性行為を持て遊んでいる天罰を与えないといけない、と思った。しかし、慎一自身ではなく、慎一自身を操っているとしか考えられない、あの寡黙で固い〝薔薇色の怪物〟に何らかの復讐《ふくしゅう》をしてやりたかった。性行為の最中に慎一はどういう感覚に陥っているのかは想像できないが、本音を言えば、まだ経験の浅い優花にとっては、苦痛以外の何物でもなかった。慎一が目の色を変えて、誘惑してくるのは、あの下半身の〝薔薇色の怪物〟の仕業《しわざ》にちがいないと感じた。いつもは温厚で優しい慎一が性行為の時に、変に動物的で獣のような動きをするのが、優花にとっては信じられなかったし、信じたくなかった。

＊

その夜、優花はチョコレートの「G」を手にして慎一の家へと向かった。慎一に素直な気持ちを伝えたい、ということよりも、お目当てのチョコレートの「G」を早く口にしたいというのが本音であった。優花は当然、慎一はひと口も口にしないから独占できるという計算から、夜食は摂《と》っていなかった。そして、実際に無形の恐怖に全身を蝕《むしば》まれ、ほとんど生気《せいき》を失っている慎一にチョコレートの「G」を手渡すと、少し喜びの色を見せ、「ありがとう。うれしいよ」と言って受け取った。だが、優花は恐しい光景をその後目にした。慎一は箱の中の十二個のかわいい扇子形のチョコレートを、一気に半分近くも平らげてしまったのである。優花は意識を失うほど哀しかった。途中、「無理しなくていいよ」と半泣きになり、慎一を制したが、結局、一箱全部を平らげてしまった。

チョコレートがあまり好きでない慎一が今日に限って、一気に食べてしまった理由を聞いてみると、食べないことが優花の不安となって、精神的ショックで来るべきものが、より遅くなったら困るから、と力なく答えた。明るく振る舞えない慎一を優花は少し気の毒に思い、「毎月の来たるべきもの」が既に訪れたことを告げようかと本気で思ったが、「一つ、食べる?」という親切な声を掛けることもなく、人の気持ちが全く読めない慎一への罰として、話すことを止めた。

優花はふと、二、三ヶ月前に約束したままになっていた「『二人の運勢』を見てもらいにいこうよ」、と言ったが、慎一は力なく賛成し、「明日の学校の帰りにでも寄り道して、行こうか」と答えた。しかし、優花は返事もせず、ただチョコレート「G」の空箱を見つめ、今頃の時刻だと、まだ父親は帰宅してないかもしれない、と思った。そうすると、まだもう一つのチョコレートは手をつけられていないままでいる。優花はそう思うと、一つだけでもチョコレートを口にしたいために、逃げるように自宅へと戻った。

＊

――次の日、優花は慎一を誘い、駅ビルの地下の著名な占い師のもとに足を運んだ。そこは、幻想的で真黒な縦に大きく波打つ垂れ幕《たれまく》で仕切られていて、その内側では、中世ヨーロッパの黒ミサのような邪教が行なわれているような雰囲気を醸《かも》し出していた。入口が三ヶ所に分かれていて、「花占い・タロット占いの部屋」、「運勢・手相・姓名判断の部屋」、「秘密の部屋」というアンティーク調の文字盤がそれぞれの部屋に掲《かか》げられていた。文字盤は黒色の地に紫色の文字で記されていたため、少し読みづらかった。

優花は「どの部屋にする？」と慎一に聞いてみたが、どの部屋でもよさそうだったので、「タロット占い」に決め、自ら先に黒い垂れ幕を掻き分け、中に入ってみた。平日の夕方であったので、先客はなかった。

部屋には少し薄暗く中央に丸く黒いテーブルがあり、乱雑に積み上げられた古い辞書らしきものが目についた。その奥には、初老の太った女性が表情のない面持ちで座っている。その太った女性は占い師としての悪魔的な雰囲気を醸し出したいのか、単なる質の悪い成金趣味を誇示したいような恰好《かっこう》をしていた。髪には少し紫がかったメッシュを入れ、左手には大きな指輪が、太い指の肉の間に食い込んでいる。厚目の化粧に派手な金ラメの入った衣装を身にまとい、爪には黒色のマニキュアが鈍く光っていた。

女性の占い師は、太った体型に似合わず、綺麗な声で「花占いとタロットのどちらにしますか」と不愛想に尋ねた。優花はすかさず、「タロット占いでお願いします」と乾いた声で答えた。すると、占い師はふたりの生年月日と名前、血液型と生まれた時刻を紙片に記載するようにと言ったが、ふたりとも生まれた時刻までは知らなかった。占い師は、ふたりの紙片を見つめ、二日違いの生年月日に同じ血液型のふたりに嫌な予感を感じていた。

それから、占い師は少し大きめの両面が黒みがかったトランプらしきものを繰《く》り始めた。そのトランプは両面とも、悪魔的な図柄で魔女狩りの様子が描かれたようなものであったが、一枚一枚の図柄が少しずつ違っていた。その数あるトランプで、占い師は大きな扇形を作り、優花に一枚選ぶように指示し、優花は一枚を取り出した。占い師はその一枚を黒いテーブルの上に置き、もう一度、残ったトランプを繰り出した。そして、次に慎一に選ぶように指示した。慎一も適当に一枚を選び出し、テーブルの上に置いた。もう一枚を占い師自らが選び、合計三枚を揃えた。裏も表も似たような図柄だったが、なぜか全てを裏返しにした。占い師は、図柄の一枚一枚を確認しながら、古びた辞書で何かを調べ、テーブルの端に置いてあった紙片に意味の分からない数字や文字を書き記し、説明を始めた。

ふたりの性格や相性から運勢のバイオリズムなど、家族に関する事柄までを巧みな言葉で繋《つな》げた。占い師は全てを説明し終わると、その他に気懸《きがか》りになっていることがないか、とふたりに問い掛けた。すると、優花は少し恥しそうにして、ふたりの「別離」の可能性を聞いてみた。今は誰でもいい、全くの第三者にふたりの「別離」を強烈に否定して欲しかったからである。全くの第三者が断定的に否定してくれないと意味がなく、知人の情けは必要なかった。

占い師は優花の質問に答えるために、再びトランプを繰ったり辞書で何かを調べたりした。しばらくの間、ふたりの視点は占い師の赤く枯れた落葉のような口元だけを注視した。

「うーん、四月二十三日があぶないです」と占い師は断定的に明確な答えを出した。

優花は「四月二十三日」という具体的な日の実証的な証拠をしっかりと説明してよ、と少し反抗的な態度で言い寄ったが、占い師は無表情のままに説明を始めた。優花は説明の途中で、占い師の冷静さに我慢できなくなり、何も言わずに鑑定表に表示された金額をテーブルの上に置き、その場から、立ち去った。慎一は、優花の腕を摑《つか》もうとしたが、摑み損ねそのまま優花のあとを追い駆けた。優花は泣きながら階段を駆け上がった。

優花は慎一に追いつかれないよう、階段を二段飛びで駆け上がり、器用に人を掻き分けた。しかし、駅ビルの出入口を出てバス停近くのところで、慎一は優花の左腕を摑んだ。慎一は、「つまらない占いなんて信じるな。真《ま》に受ける方がおかしいよ」と優花を宥《なだ》めた。優花は素直に返事をしたが、大きな瞳からはとめどなく涙の粒が溢《あふ》れ出ているので、慎一が自分のポケットから少し汚れたハンカチを取り出して、涙の粒を拭《ぬぐ》った。

しばらくすると、寒さに凍《こご》えるふたりの前にバスが来て、ゆっくりと乗り込んだ。優花はバスに揺られながら、「泣いたら、何か、すっきりした」とつぶやくように言った。慎一は、「もし離れてしまって、優花が哀しくて死にそうになったら、いつでも会いに来るよ」となかば、自分に言い聞かせるように言った。

優花はそれからというもの、「四月二十三日」という日を変に意識せざるを得なくなった。永遠に「四月二十三日」が訪れないのを本気で期待したが、このまま時が流れれば、いやがうえにも訪れる。優花は極力、気持ちを外《ほか》へとそらすように努め、部屋のカレンダーをめくり四月の「二十三」という数字を修正液で消した。

4

優花は二月の終わりに、ついに〝華やかな悪夢〟に毒され、完璧に生気を失った慎一に、「毎月の来たるべきもの」の訪れを告げた。慎一はその「神の福音」のような言葉を耳にして、火の消えたように暗かった表情にも生気を取り戻した。

しかし、「神の福音」に感謝する謙虚な姿勢も束の間の出来事で、すぐにまた、性行為を要求してきた。優花は手のひらを返したように表情が変容した慎一を見て男性の性欲というものが、どう考えてみても理解できなかった。優花は、何が慎一をそうさせるのかと、どうしても不思議だったので、率直に聞いてみると、慎一は自分の下半身を指差し、「こいつが言うことを聞かなくて」とついに白状した。

優花は分からないままに想像し、考えに考え抜いたことが決して誤りでなかったことをついに実証した。やはり生きているように生々しく、ただ寡黙で自信ありげに上を向いているあの〝薔薇《ばら》色の怪物〟は、慎一とは別の意志を持っていて、温厚な慎一を甘く誘惑していたのだと……。

しかし、あの〝薔薇色の怪物〟は、優花に大人としての喜びを少しは教えてくれたので、責めてばかりもいられないとも思った。その上、女性にも性欲があることを少しは教えてくれたので、今となっては以前ほどの憎しみはなかった。最初は、不吉の予兆としか思えなかったあの

〝薔薇色の怪物〟とも、次第に無上の親和を結べるようにもなった。そのためか、優花は少しずつ、性行為が罪を犯すだけの行為であるとも思わなくなってきた。人間は容易には妊娠しないと自分勝手に判断したので、仕方なしに慎一の誘惑を受け入れた。

＊

優花は今まで、月日の流れというものをあまり意識して過ごしてこなかったが、明日から三月という新しい月を迎えることを変に意識した。あの占い師が告げた「四月二十三日」という、その日を迎える心の準備は今から十分にしておきたいと思い、「全てを認め、あらゆる哀しみに耐えうる我慢の心」と、毎日、念仏のように唱え、自己の啓蒙《けいもう》を促した。

優花は二月の頃には、「三月」の一ヶ月間を「四月二十三日」に対しての防波堤のように感じていた。まだ、「三月」の一ヶ月間があるので、「四月二十三日」を遠いもののように感じていたが、三月に突入し、防波堤が波によって次第に侵食されるように、優花の心も「時の波」によって少しずつ浸食されていった。

優花は、今、どうしようもなく慎一と一緒にいたかった。以前はただ会っているだけでもよかったが、しかし今となっては、会うだけでは十分な満足が得られず、お互いの肌が溶け合うのを感じて初めて、満足が得られるようになった。お互いふたりはここ最近、親の目を盗んでは、双方どちらかの部屋で性行為を続けるようになった。心の奥底では、いつかは離れてしまうのを意識し、お互いの肌を感じ取るだけで、無言の会話が成立した。

ふたりとも、優花が十四歳で妊娠してしまうかもしれないという〝華やかな悪夢〟が、心の中で渦巻くように焦り戦《おのの》く感覚も、次第にどこか遠くへと霞《かす》んでしまっていて、優花の体の中へも自然と無防備のままになっていた。

第六章　バタフライ解体

1

慎一が父親から、転校の話が現実のものとなったのを耳にしたのは、三月十四日のことであった。その日はちょうど期末テストの最終日であり、不思議な符号《ふごう》で重なった。慎一の父親は来月四月の始業式を、「次の新しい中学校で迎えることができるように、しっかりと段取りをつけるので心配することはない」と表情の深奥に不安を隠せない慎一を勇気づけた。慎一の妹も兄と同じ表情をしていて、少し涙を浮かべていた。しかし、慎一の両親は久方ぶりに自分たちの生まれ故郷に帰れる嬉しさを隠せない表情でいて、親子の間に太い一本の感情の亀裂が走った。

慎一はその足で、優花のもとに向かったが、優花の母親が玄関口から顔を出し、「今、優花はお風呂に入っているから、後で慎ちゃんとこに行かせるね」と優しく答えた。慎一は一体、どんな表情をして優花と会えばいいのか、と悩んだ。優花の気持ちを想って、笑顔で迎えるべきか、それとも、素直な気持ちをその表情に浮かべるべきかと。

優花はいつもより遅い慎一の訪問に嫌な予感を覚えた。転校が現実のものになったとしか考えられなかった。とにかく、慎一に何らかの異変が起ったのは間違いないことだと思った。優花は自分が人一倍、泣き虫であるのを知っているため、慎一の顔を見ても泣かないと固く決意し、慎一の家へと向かった。

優花は全てを覚悟し、慎一は全てを話した。それは四月一日に東京を発つこと。慎一の父親は一足先に関西へと発つこと。慎一はそれだけを話すと、涙を流した。優花も針で突《つ》つけば、今にも涙が溢れ出そうな心持ちであったが、懸命の我慢をした。慎一はその場に泣き崩れ、そのままうつぶせの形になり大声で泣いた。優花は慎一の背中に馬乗りになり、「男のくせに女みたいに泣くなっ。ばかっ」と慎一の首を両手で軽く絞《し》めた。そして、急に何も言わずにその場から立ち去った。階段を駆け降り、廊下を走り、玄関口から飛び出した。最後くらいは強い心持ちで臨《のぞ》みたかったが、次第に抑えていた感情が吹き出すように、自然と涙が溢れ出てきたからである。

優花はそのまま自室のベッドに潜り込み、何でも想いが叶《かな》う夢のような世界へと逃げ出したかった。しかし、優花は泣きながら眠ってしまうと、悪い夢を見るという迷信を信じていたので、泣き止んでから ゆっくりと眠りに就《つ》こう、と思った。

それ以来、優花は慎一の影のようになって、寸分、惜《お》しまず後を追いて行くようになった。慎一も以前はよく、優花に駆け落ちの話を冗談めかして持ち掛けていたが、今では真剣に考えるようになった。そして、優花はこの世で幽霊屋敷以外は、怖いものは全て消え失せ、今はもう何に対しても吹っ切れてしまい、もうどうでもよくなった。

＊

友美も、昼休みの時間に慎一の転校が決まったことを聞いて、ただ哀しく思った。しかし、友美は優花が哀しみを通り越して、全てに吹っ切れていることは表情を見れば、どことなく感じ取れた。変に明るく、先月にデパートの化粧品売場で偶然、出会った時のような沈んだ暗い表情はもう消えていた。友美は、「あーあ、これで、もうバタフライ解体ね」と言った。

「はっ？　どういうこと？　意味が全然分かんないけど……」と優花が聞き返すと友美は、「慎一と優花のバタフライコンビも解散ね」と答えたが、優花にはまだうまく〝バタフライ解体〟の意味合いが摑《つか》めなかった。

「蝶々が死んじゃったってこと？」

「惜《お》しいなあ。答えは、慎一と優花という綺麗な一番《ひとつがい》の蝶々が、哀しくも別れ別れになってしまうってこと」

「それなら、最初から普通にそう言えばいいじゃない。訳け分かんないなあ。もう……」と言って微笑んだ。

しかし、友美は優花が哀しみに耐え、暗い表情をしないようにと相当の無理をしているのは十分に感じ取れた。二卵性の双子として生まれ、保育園の時からずっと一緒にいる絶妙な勘だ。友美にとって、優花の微妙な心の動きだけは、いつも、本人が口にする前に手に取るように理解できた。

優花は慎一との別離が精神に与える大きさを感じた。最近、よく偏頭痛を起こすようになり、時に、不眠に陥《おちい》ることもあった。しかし、慎一と一緒にいられる時間も残り少なくなり、慎一といる時くらいは笑顔でいたかった。友美も優花の様子がいつもと少し違うのに気づいて、心配になり、慎一に注意を促した。友美は今からこの調子だとどうなるのだろうと、優花の行く末を極度に恐れた。

*

――友美の言う〝バタフライ解体〟も現実のものとなり、それから一週間が経ち、終業式の日が訪れた。朝一番から体育館で退屈な校長先生の話を聞かなくてはいけなかった。優花は校長先生の永い話の途中、何度も軽い貧血を起こし、ずっと立ち続けていることに苦痛を感じた。やがて話が終わり教室へと戻ると、次に担当教師の話が始まった。春休みを次の新しい学年へのステップの準備期間だと念を押し、改めて慎一の転校をクラスの全員に告げた。慎一は抱《かか》え切れないほどの花束と、クラスの男女一枚づつ、それぞれの想いを添えた色紙を贈呈された。優花は色紙に慎一の口癖の「優しい花は永遠に枯れない」と書いた。友美は将来、宇宙飛行士となって、人類初の宇宙人との婚約・結婚に想いを馳せて、「ユニバーサル・ラブの第一人者になる」と書き記した。

慎一はクラスの全員に感謝の意を込めて、「僕たちみんなはずっと親友で、三年生になったら、クラス替えでみんなバラバラになってしまうけど、僕は大人になってもみんなのことは忘れません」と張りのある声で礼を言った。別れの哀しみに包まれた教室をいつものように明るくしようと思ったが、全ての瞳に涙が溢れているのを見て、慎一は言葉を失った。

突然、クラスの誰かが、「慎一を胴上げしようぜ」と言い出し、全員が校庭へと向かった。体育館や校庭では慎一や優花の一年上の先輩たちが無事に卒業式を終え、艶《あで》やかに着飾った多くの父兄が、写真撮影をしていて、優雅な情景を演出していた。男子生徒中心に慎一の体をゆっくりと持ち上げ、慎一の体は三度、宙を舞い、最後に全員が拍手で慎一を励ますと、友美が急に、「次は音楽室に全員集合ー」と大声を張り上げ、「〝王女〟のミニコンサートを開催しまーす」と言った。すると、先生を含めたクラスの全員が三々五々、教室と同じ校舎の四階にある音楽室へと向かった。

優花は少し恥しそうな表情で、「まだ、練習中ですけど、ショパンの『革命』と『別れの曲』を演奏します」と言って、家のものよりも少し大きめの黒いピアノに向かった。「革命」の演奏の途中で二度ほどつまったが、「別れの曲」では完璧に最後まで演奏できた。優花自身はちょっと失敗だったかな、と思ったが、クラスの全員は優花を拍手で包んだ。「別れの曲」を演奏している時には、涙を流し鼻をすすっている女の子も多く見受けられ、「やっぱり、〝王女〟はピアノの天才ね」と誰かが小声で言った。

その日の夕方、ふたりは部屋の明かりをつけたまま、再び生まれたままの姿に戻った。もうふたりの間に、恥じらいはなかった。慎一は牛乳をこぼしたように白い優花の肌を見つめ、「もう、こんな風にできるのも、当面はこれで最後かもしれないな」と言った。優花は慎一の「最後」という言葉に、抑えていた感情が再び小さな音を立ててひび割れ、その感情の裂け目から、哀しみの涙が溢れ出てきた。優花はどれだけ涙を流せば、哀しみが治まるのか、想像つかなかった。やがて、涙の線が乳房で小さな弧《こ》を描き、腹部へと流れていくのを感じた。慎一も優花の赤く染まった目を見つめていると自然と涙が流れた。ふたりの涙は永遠に線を引いて、一本の細い悲しみの河へと注《そそ》がれた。

ふたりは今日も事の後先も考えずに、ただお互いの肌を感じ合った。慎一は無防備のまま、優花の体の中へと入れた。優花が常に無防備を望んだ。しばらくして、優花は眠ったように無言になった慎一の脇腹を軽くつねった。しかし、慎一は寝返りを打ち、外方《そっぽ》を向いた。優花は少し鼻声で慎一の背中に「ありがとう」と言った。慎一はまた寝返り、なぜ今さら、そんなことを言うのか、と聞くと、優花は、「慎一のおかげで大人になれた」と涙ながらに微笑んだ。

2

……慎一の東京最後の日、優花と友美は慎一を東京駅まで見送ることにした。十三時十四分発の「ひかり」に乗る予定なので、その前に慎一、優花、友美と慎一の母親、妹を含めた五人で昼食を摂る運びとなった。五人は新幹線の発車時刻に遅れないように余裕を持って家を出て、渋谷のデパートで昼食を摂った。慎一の母親は幕の内弁当を注文し、あとの四人は、白身魚のフライとハンバーグがメインディッシュのサービスランチを注文した。みんな満足げに口へと運んでいるが、優花一人だけは食が進まず、ほとんどを残し、友美に手伝ってもらった。友美はこんな些細なことでも優花の心の言葉を明確に聞き取ることができたように感じた。

そのデパートのレストランは十二階にあり、周りが全てガラス張りで覆われているため、東京の街を一望することができた。遠くで霞《かすみ》が棚《たな》引き、富士山の輪郭がぼんやりと薄く浮かんでいる。東京タワーや新宿のビル群が模型のように見えて、手で摑めるように近く感じた。

食事を終え、五人は互いに言葉を交わすこともなく山手線に揺られ、東京駅へと向かった。

やがて、時計が十三時を指し示し、駅のプラットホームの放送が慎一らの乗る新幹線の到着を繰り返し告げた。優花は喧騒に鳴り響く放送を雷のように恐れ、耳を伏せた。そして、既に泣いている顔を誰にも見られたくなかったので、慎一の背中に顔を埋《うず》めたかったが、周りが気になって、友美の背中に顔を埋めて泣いた。慎一は優花の小さな肩に触れ、ハンカチを手渡した。優花はまた知らず知らずのうちに、コンタクトレンズをどこかに流してしまっているのに気づき、弱い視力と涙の渦で視力が不能になったので、携帯している度の強い眼鏡を掛け、涙で溢れる瞳を慎一に向けた。慎一の母親も優花の姿に目を赤くし、「〝王女〟は泣いたらダメ。〝王女〟はいつも笑顔でないとダメよ」と言って何度もお辞儀をした。

新幹線の扉が愚かな青年が口を開けているような様子で乗客を待ち構えている。まもなくの発車を知らせる放送が頻繁《ひんぱん》に流れているので、慎一らは車内へと乗り込み、席の確認を行なった。荷物を置くと、慎一はまた急ぎ足で優花のもとに戻ってきた。

「また、今までみたいに手を繋いで歩ける日が来るよね……」と言って優花は眼鏡をケースの中にしまった。

「うん、絶対に来る。三ヶ月して夏休みになったら東京に遊びに来るし、四年経って大学生になったら、絶対に東京に戻ってくる。少しの我慢だ」

「約束よ。絶対に来てよ。絶対よ」と言って優花は右手の小指を突き立てた。優花の爪は薄い桜色のマニキュアで染まり、ぴかぴかと光っている。五つの爪が桜色の小さな貝殻のように見えて、慎一の浅黒い小指と絡《から》まった時、小さい音を立ててひび割れるような気がした。

せっかちな駅員が乗客と見送りの客を急《せ》わしなく選別し始めた。もう出発間際《まぎわ》になってきたのが駅員の態度で一目《ひとめ》で分かる。慎一は再び新幹線に乗り込み、扉の手すりを左手で持ち、右手は優花の手を繋《つな》いでいるので、他の乗車する客は迷惑そうにふたりを見ている。優花はもうひとりで立っていられなくなり、友美が優花のへその辺りで後ろから両手をしっかりと握り、優花の体を支えた。駅員が発車の合図を力強く笛を吹き鳴らしている。やがて、新幹線の扉はゆっくりと自動的に閉まり、慎一の顔だけがゆっくりと左の方向に移動し、全ては閉ざされた。一人は動く空間の中に、一人は動かない地上にと。

＊

　友美は両手を離せば、地面に倒れてしまいそうだったので、ホームの長椅子のところまで重荷を背負うようにして、優花の身体をゆっくりと導いた。優花は長椅子に腰掛けると、すぐに両手で顔を伏せ、また哀しそうに泣き出した。生まれてこのかた、あまり涙を出した記憶のない友美もさすがに優花の姿には涙が溢れた。友美は優花の背中をゆっくりと摩《さす》りながら、「これからは私が優花をしっかりと守るから」と言った。

　しばらくして、優花は嫌な夢から目覚めたように、「随分《ずいぶん》、長く泣いた」と言って鼻をかんだ。コンタクトレンズ同様に哀しみのかけらも、もうどこかに流してしまっていて、少しすっきりした気分になった。しかし、優花は慎一の不在が現実となった今、急に〝華やかな悪夢〟が怖くなってきた。「毎月の来たるべきもの」がもう既に二十日以上も遅れていたからである。友美はその優花の口から突然出てきた想像もしていない恐しい言葉に、明確な返答ができなかった。どういう言葉が慰めになるのかも分からなかった。中途半端な慰めは優花にとっては禁物で、逆に命取りになるかもしれない、と思った。「優花、一度、病院に行った方がいいよ。その方がいい。私も一緒についていくから」と友美は産婦人科に行くことを勧めると、優花は小さくうなずいた。

3

慎一との「別離」を受け入れざるを得なくなった優花は、いつも一人で自室に閉じ込もり、毎日ピアノを弾いたり、慎一への手紙を書くことに空白の時間を費やした。優花は将来への夢を書き、希望を書き、哀しみを書いた。慎一からも毎日のように手紙が届いた。しかし、優花は、今にもひびが入りそうなほどに恐れている〝華やかな悪夢〟が現実のものになりつつあるのをひと言も書き記さなかった。遠く離れた慎一に嫌われたくなかったし、心配を掛けたくなかったためであり、慎一の態度が急変するのを極度に恐れたためでもある。十四歳の慎一にとって、妊娠した私なんか、煩《わずらわ》しいお荷物にすぎない、としか優花には思えなかった。しかし、明日、友美とともに産婦人科の戸を叩く決心もつき、三度目の〝華やかな悪夢〟が優花にとって、単なる杞憂《きゆう》か、それとも、今度こそはついに悪夢を孕《はら》むことになるのか、の審判が下される。

もう一ヶ月半近くも「毎月の来たるべきもの」が遅れているのは異常なことで、時間が流れる度に、見ず知らずの人に追われているような怖い気持ちになってきた。優花はふと、去年の誕生日に慎一からのプレゼントに女の子の赤ちゃんが欲しいな、と夢みたいなことを言ったのを思い返した。夢が現実になりつつあることがこんなにも恐しいことなのか、と初めて知った。しかし、優花は「別離」の哀しみを補うために、どうしても慎一の全てを直接、受け入れたかった。あの薄いゴム膜で慎一の愛情を遮断《しゃだん》することなど想像もしたくなかった。しかし、今ではそれも良《い》い夢だと分かった。今、こうしている時も悪夢が自分の腹部に潜《ひそ》んでいると思うと怖くて仕方なかった。時の経過とともに悪夢が形を変えて、やがてはあの不様《ぶざま》で滑稽な恰好をした妊婦になってしまう。どう考えてもそれは「王女の崩壊」であり、自分自身消せない「美の破壊」に繋《つな》がるとしか思えなかった。優花は明日の「最後の審判」に少しだけ望みを託した。

——優花は次の日、自分一人だけで産婦人科に行くことに決めたから、と友美に対して生まれて初めての嘘をついた。優花はその日、一歩も外に出なかったのである。友美は「心配とか不安で苦しくなって、自分がつぶれそうになったら、いつでも電話してよ」と優花を気遣った。そして、その日の夜に「最後の審判」の結果を問う電話が鳴ったが、優花は診断の結果を適当にごまかし、「体調崩して、少し遅れているだけみたい。大丈夫だよ」と言った。友美はあやしいな、と疑ったが、妙に声音《こわね》が明るく、変に疑うことは良くないことだと思って、素直に優花を信じようと努めた。

＊

慎一も優花同様に毎日、手紙を書き続けることで荒ら立つ心を鎮《しず》め、優花の写真を眺めることで否応なく引き裂かれたいらだちを抑えた。

生きることに対しての巨大な運命の「壁」に激突した慎一はただ、この自分の不運に懸命に耐えた。耐えることで、いつか優花のあの優しい微笑みに再び巡り合えると固く信じていた。しかし、毎日毎日が憂鬱で苦しいだけの連続だったが、手紙で優花の気持ちをしっかりと確認できたことが、唯一の気休めとなった。

ある日、慎一はふと、アルバイトをしてお金を貯めて、優花に会いに行くことを思いついた。かつて好きだったバレーボールを続けて、仲間を数多く作ることよりも、自分の力でお金を貯めて、優花のために汗を流し身体を動かしている方が、幾分か気持ちが楽になれるような気がしたからである。新しい中学での校則ではアルバイトを禁止していたので、あまり人目につかない新聞配達を始めようと決心した。新聞配達を始めることは優花への手紙には書き記さなかった。稼いだお金で新幹線に飛び乗り、突然優花の前に現れて、おどかしてやろう、慎一はそう思うことで今までなら考えられないほど朝早く、ベッドから起き出して雨の日も必死に自転車をこいだ。そして、日の出前の少し冷たい空気に触れていると、なぜかふいに優花の澄んだ二つの大きな瞳を思い出した。

慎一は早く今月が終わって、生まれて初めての給料を手にして、ただ優花のもとに会いに行くことだけを考えた。

――優花は毎日、あいかわらず、慎一から届いた手紙に繰り返し目を通して、慎一に手紙を書き続けた。手紙を書き続けていると、どこか慎一と繋がっているような気がした。今、現在の優花にとって紙と鉛筆が全ての救いで、慎一の決して上手とは言えない字面《じずら》を眺めているだけでも、至福の時が流れた。慎一の手紙を整理していると、慎一も毎日、手紙を書き続けているのが分かった。優花は普通の男女が普通に会って、話ができることが何よりも代え難い貴重なものであることも初めて知った。もっともっと、慎一と一緒にいた時間を貴重なものとして、考えるべきだったと少し後悔した。

――明日から春休みが終わり、新しい学年の新学期が始まる。クラス替えも予想されるが、友美と別のクラスにならないようにと、心から願ったが、結果は最悪だった。友美とクラスが別なのは仕方ないとしても、校舎が別で、会って話をするのにも、短い休み時間では不可能に近かった。それに三年生に進級すれば、友美には全国で一番か二番の高校へ進学するため、猛勉強の日々が待ち構えている。二年生の時のような慎一と友美と優花の三人による、完璧なトライアングルは、脆《もろ》くも解体された。慎一は遠く関西へ、友美はあの受験戦争という血まみれの戦場へと赴《おもむ》き、優花ただ一人だけがその場に取り残された。

友美は自分の進路よりも優花の心のベクトルが何よりも気懸《きがか》りだった。慎一と離れてからの優花の心が全く読めなくなってきたからである。以前では考えられないことだが、双子としての勘が全く働かなくなってしまった。今までの透けて見えるようにクリアだった優花の心が、何となく薄く濁ったカーテンがおいかぶさったようにぼんやりしている。一度、優花は、「ついに、来るべきものが来たよ」と明るく微笑んでいたが、それも本当かどうか、疑わしい。今は普通の状態でも精神的に不安定な優花にしつこく問い質《ただ》すのも逆効果だと思って、友美はそのまま微笑み返した。その上、タイミングの悪いことに新学年になって、クラス替えがあった。優花はもともと、初対面の人に対して、少し人見知りする性格で、最初は慎一か友美を介してしか、人と接することができなかった。保育園の時から、中学二年生までは慎一と友美のどちらかと、うまい具合いに同じクラスが続いたが、完全にただ一人になるのは、今回の三年生が初めてだった。優花も他に仲の良い友達がいないわけではないが、今の不安定な優花の心を支えることができるのは、手近なところでは友美しかいなかった。

友美は優花と会えない日は、電話で話すことを極力心掛け、様々な理由をこじつけては、故意に優花の家へと遊びに行くことが日課になりつつあった。友美は優花も受験戦争という血まみれの戦場へと引き摺り込みたいと考えていた。戦場へと赴《おもむ》けば、優花も哀しんでいる余裕すらもなくなるだろうと思ったからである。友美はあまり勉強が好きでない優花によく、勉強を苦い良薬に喩《たと》えた。難問を解いて理解することは、苦い薬を飲むのと同じで、その固い粒を小さく切り刻んで粉にして飲むか、そのまま一気に水で飲み込むかの違いだけだ。飲み込んでしまえば、病気も自然と癒《いや》されるように、難問を解くのも楽しくなるのが、勉強の醍醐《だいご》味だと言って聞かせた。しかし、優花は苦い薬を飲むくらいなら、死んだ方がましよ、と言って微笑んだ。

友美はまだ優花のその綺麗な瞳の深奥には何もかもが不安だという霞《かす》んだものが残ってはいる

が、少しずつ慎一と一緒にいた頃の笑顔を取り戻しつつあるのを感じて、嬉《うれ》しく思った。

＊

……優花はここ最近、怖い夢ばかりを見た。夢の中で優花が幼い子供の首を力いっぱい絞め、その泣き叫ぶ声で急に目覚めたり、血まみれの小さな女の子に追い掛けられ、優花が何かに躓《つまづ》くと同時に、はっと目覚めたりした。優花はその女の子には全く心当たりがなく、なぜこんな怖い夢を見るのか、意味も理由も原因も全然分からなかった。夢は何かの予兆なのかな、とふと思った。もし、一つ思い当たるとしたら、その小さな女の子は幼い頃の純粋な自分自身の姿で、まだ十四歳という年齢《とし》で大人びた行為をしたことに対する復讐なのかもしれない、と思った。そもそも〝華やかな悪夢〟、それ自体が幼い頃の純真な自分自身からの甘い復讐なのかもしれない……。今、こうしている時も無言の復讐が腹部にしっかりと根づいてしまっている。その上に友美に対して、行ってもない産婦人科医に行ったとか、「毎月の来たるべきもの」が来た、と嘘をついているることにも耐えられなくなってきた。優花は今の苦しい気持ちを素直に、慎一宛《あ》ての手紙に書き記そうと考えたが、やはり慎一に嫌われるのを極度に恐れたため、友美宛てに書き直して、明日の朝、通学の途中にポストに投函しようと思った。

……優花は次の朝、ふと考えた。女性は普通、大人になると月に一度、激しく鳴り続ける几帳面な時計が自然と体内に備《そな》わり、激しく音を立てて、時の経過を知らせてくれる。しかし、既に優花の時計は早くも壊れてしまっている。思えば、バレンタインデー以来のことなので、およそ二ヶ月と十日近くも壊れたままになっている。そう思うと、また強烈な不安に陥った。

昨日の夜、友美に「王女の崩壊」が現実となってしまう〝華やかな悪夢〟や友美に対する生まれて初めての嘘に対する謝罪を吐露《とろ》するように、正直に書き記したが、まだ気持ちが晴れない。本当はどうしても、慎一に全てを伝えたかったが、絶対に口が裂けても言えなかった。しかし、自分の体内に潜《ひそ》む「悪夢」を考えるだけでも、地獄に堕ちていくようで怖かった。優花は心の悩みを本音で打ち明ける相手もいなくなり、この世でただひとりぼっちだ、という怖いほどの孤独を感じた。そして、このまま日一日と過ぎていくと、何かの決断をしないといけない。何を決断すればいいのか、優花にも分からなかった。ただ焦りや苦痛から解放されることが決断を下すことなのかもしれない。しかし、変に気持ちばかりが焦って物事をうまく判断できなくなってしまっていた。自然の摂理に順《したが》い、一つの生命を誕生させることが、かつての夢だったのではないか、とも思ったが、妊婦となって体型が崩れてしまう「王女の崩壊」も嫌だったし、周囲の視線も嫌だった。

＊

優花はその日の午前の授業中に、窓の外からふいに、慎一が自分を呼ぶ声を耳にした。最初は気のせいかなと思ったが、声は次第に大きくなって、何度も「優花、優花」と呼んでいる。優花が窓のほうを振り向くと、慎一が笑顔でこちらを向き、両手で大きく手を振っている。優花は夢を見ているのか、どうなのかが、よく分からなかったが慎一の笑顔に狂喜した。そして、急に席を立ち、教室を飛び出して、階段をいくつも駆け上がり、屋上へと向かった。しかし、辺りを見回したが、屋上には何もなく、ただコンクリートの匂いだけがした。慎一の幻もなく、頭上にはただどこまでも続く青色があって、果実のような太陽が麗《うら》らかな春の日差しを投げ掛けていた。優花は屋上のフェンスにもたれ掛かり、ふいに足元を見ると、一番《ひとつがい》の蝶々の死骸を見つけた。蝶々の死骸はまだ生きているように見えて、綺麗な薄い黄色をしている。優花は蝶々を手にとって、じっと見つめた。これが慎一の幻だったのかもしれない。そして、この番《つがい》の蝶々が自分たちの死を知らせたいために、慎一の幻に形を変えて、私を呼んでいたのに違いない、と思った。優花はふと、友美の〝バタフライ解体〟という言葉を思い出した。〝バタフライ解体〟――この番《つがい》の蝶々の死骸《しがい》が小学生の頃からの慎一との思い出の象徴なのかもしれないと思い、もう全てはおしまいだと感じた。

優花は慎一に会えた束の間の歓びから再び苦悶《くもん》するだけの現実に戻った。優花は青空をじっと眺めた。もう「苦悶するだけの場所」にも教室にも戻りたくない、と思った。ただ、「どこにもない場所」に行きたい、と無意識のうちに感じて、一番《ひとつがい》の蝶々をしっかりと握りしめた。そして、フェンスを飛び越え、校舎の崖っぷちに立った。優花は一度、下を見た。怖くて足が震え、目をつむった。春のほのかに暖かい風が頬に触れた。しかし、優花はもう何も感じなかった。そのまま、もう目を開けずに誰もいないプールに飛び込むように、あのナイチンゲールという小鳥が小さく羽ばたくように、ゆっくりとその場から飛び降りた。

そして、優花は無数の赤い花びらが無為にばら蒔かれたような姿に形を変え、鳩《はと》の血のようなルビーの色に地上を染めた。その赤い花びらはやがては枯れ、この世から姿が消えていくのを待たずして、自らを壊してしまった。

＊

その日は慎一と離れてから、二十三日経《た》った四月二十三日の出来事であった。そして、友美のもとには次の日、何の前兆もなく、「亡き王女」からの悲痛な手紙が届いた……。

第二部　一九九九年　七月

第七章　「砂金」の復活

1

　慎一はその日、夜遅く帰宅し、郵便受けから、見慣れぬ海外からの手紙を手にした。乱暴な筆記体の中に「ＴＯＭＯＭＩ」という文字を確認し、懐しい女性を思い出した。あの優花の衝撃的な出来事から既に二十年近くの時間《とき》が流れた。慎一の記憶では確か、それ以降、二度ほど友美に会ったように思う。

　慎一はそのまま、玄関に立ち尽くし、手紙の封を破り、中の便箋《びんせん》を取り出した。文章は日本語だったので、少し胸を撫《な》で下《お》ろした。現在、産婦人科医院の医者となっていて、アメリカでの、ある学会の長期的な滞在を終え、この手紙が慎一のもとに届く頃には、帰国している予定なので、ノストラダムスの大予言が告示している「地球滅亡の日」の一九九九年の七のつく月（七月）までに会って話しておきたいことがあると友美は書き記している。ちょうど、娘が七月十四日に十四歳を迎え、誕生日会を自宅で催すので、ぜひ遊びに来てほしいということであった。今月の十四日は月曜日なので、その前日の十三日の正午に約束よ、と文章を結んでいる。わざわざノストラダムスを引き合いに出すなんて、昔の友美と全然変わっていなかった。慎一は久しぶりに友美と会ってみたいと思った。

慎一は現在、三十歳半ばに達していた。商社マンとして活躍し、仕事に忙殺される充実した日々を送っている。いくつかの恋愛も経験したが、未婚のままであった。未だ、心の片隅に死んだ蝶のような優花の面影が染みついていて、結婚に踏み切れないのが正直な気持ちであり、何となく優花の幻影が恋愛や結婚を変に邪魔しているようにも感じていた。自分自身でも、杞憂に終わることとは思っていたが、何となく、亡き優花にも悪いような気がしていた。ただ、もう優花とは住んでいる世界が違うのだ、と自分自身に言い聞かせても、ふいにあの優花の甘えたような少し鼻に掛かった声が、どこからともなく聞こえたような気がして、急に振り向いてしまうことも時々あった。

しかし、慎一はその反面、優花を恨《うら》みたい、というのも本音にはあった。東京駅での優花との最後の別れの時、「三ヶ月待て。四年経ったら、必ず東京に戻ってくる。それまでの我慢だ」と言って、お互いが固い約束を交わした。しかし、優花は約束をあっさりといとも簡単に破ってしまった。優花は永遠に慎一を騙《だま》したというのも、ある一面では、事実である。しかし、今となっては、濁流の中を笊《ざる》で掬《すく》い出した砂金のように、頑《かたく》なに光輝く、優花の美しい面影しか残っていない……。

しかし、慎一は今でも、優花の「自壊」が不思議でならない。ふたりが別れ別れとなり、哀しいのはお互いに痛いほどに共感し、手紙でも気持ちを確認し合っていた。ただそれだけで、突然、いとも簡単に「自壊」してしまうものなのか、未だに理解できない。何か別の深刻な原因でもあったのか、見当もつかないが、ただ哀しみに耐えられないだけで、「自壊」できるものなのか。まだ十四歳という年齢では、「別れ」一つを取ってもショックがあまりにも大きすぎたのか。しかし、優花の心はそんなにも脆《もろ》く崩れて、壊れてしまうものだったのか。慎一は何度、頭を捻ってても理解できなかった。

ただ、今から思い返せば、当時の優花の心は全面的に誰かの支えの上に成り立っていて、その大きな支えの一つが失《な》くなった不安が「自壊」の原因だと、自分自身を納得させ、二十年もの時間を過ごしてきた。

慎一は時に、ふと考えることがある。それは、もし、優花がそのまま生きていたら、十四歳の誕生日に交わした約束どおり、二十三歳で結婚し、二十四歳で女児誕生に至ったかどうか、と。慎一には、いまいち、明確な答えが見い出せなかった。二十三歳当時の慎一は、女性に感情が流れているのも分からず、女性に深い愛情を持った記憶も一切なかった。ただ女体という魅惑の波に溺《おぼ》れていただけであった。女体の大波で溺死《できし》しようが関係なかった。むしろ魅惑の波で溺死したかった。しかし、本能を剥《む》き出した後《あと》の虚《むな》しさも人一倍、味わった。大波が引いた後の孤独感は、どこか、無闇に殺戮《さつりく》を繰り返した後の純粋な若い兵士の孤独感に似ていたと思う。二十三歳の慎一の心には、ただ虚しい感情だけが流れていた。慎一にとっての虚しさの根源は「亡き王女」の淡い面影だけだった。そして、その虚しさを感じるうち、どうしても理解できない優花の「自壊」を一人思い、考え込んでしまっていた……。

＊

友美は当時、優花の「自壊」を目の当たりにし、すぐにその場で気を失い、後頭部を地面に強く叩きつけ、そのまま救急車に運ばれた。その日の夜に慎一が友美のもとに駆けつけた時、友美は意識もなく、危険な状態にあった。その足ですぐに、優花の魂のない体が安置されてる場所に向かった。白い布に覆われた亡き優花の姿に慎一は吠えるように号泣した。抑え切れない感情を周りの無垢《むく》な白い壁にぶつけたが、心からとめどなく、赤い鮮血が流れた。それから、慎一は全ての思考が止まり、言葉すらも忘れ、自分自身の存在すらも忘れた。

……やがて、慎一は意識の取り戻した友美の「優花を返して！　優花を返してよ！」という叫び声を耳にし、我に帰った。しかし、ふと気づけば、慎一は加害者になっていた。慎一は耳を疑ったが、自分自身が加害者なのか、被害者なのかすらも判断できなかった。「自壊」してしまった優花や身も心も深い傷を負った友美の悲愴な姿に対して、心は割れるほどに傷ついたとは言え、傍観者のように無傷な慎一は、全くの第三者から見れば加害者のようにも見えた。しかし、慎一も当の被害者であり、こと、愛情という面では最大の犠牲者だった。愛情が人間を形づくる最大の要素であるならば、慎一は全てを失った。

それから、友美と慎一は五年間、友情の関係を絶った。その閉ざされた関係の沈黙を破ったのは、友美の妊娠の知らせだった。五年前の「優花を返して！」と何度も叫ぶ、狂ったような涙まじりの黄色い金切り声を最後に、もう永遠に会うこともないだろう、と思っていた慎一には、あれから五年が経ち、少し大人になった女性の冷静な美しい声がどうしても重なり得なかった。慎一を加害者にしたあの友美の最初の言葉は慎一に対する謝罪の言葉だった。

「慎一、久しぶりだね。元気？　あの時は、一方的に慎一のこと、悪者扱いしてごめんね。私も優花の監督不行き届きで慎一に逮捕されなくちゃいけない……」

「そんなことないよ。でも……」

「でも？　何？」

「いや、何でもない」

慎一は優花の「自壊」について、もう少し深く友美に聞いてみたかったが、お互いの古傷を蒸し返すようで口にできなかった。友美も「亡き王女」の話題はあまり、触れてほしくないような感じに見えた。そして、二人はすぐにまた、元の親友に戻った。

十九歳の友美は十四歳のように、ある種、独特の言葉を口にした。いきなり、「私、優花の生まれ変わりを産むよ。今、優花の生まれ変わりがお腹の中にいるの」

慎一はちょっと理解不能な友美の言葉も、かつてのように素直に聞き入れ、友美が妊娠し、もうすぐ出産ということを心から祝った。続けて友美は、

「ねえ、慎一、聞いて。私ね。処女懐胎に大成功したわよ。二十世紀の聖母マリア様になれたのよ」と嬉しそうに微笑んだ。しかし、慎一は十九歳で妊娠したことに驚きを隠せず、友美にその経緯《いきさつ》を聞いた。友美は十九歳年上の輸入レコード店を経営する男性と恋に落ち、結婚とともに一つの生命が宿った。しかし、友美は出産したその翌年にあっさりと離婚してしまった。心配になった慎一は再び友美のもとに駆けつけたが、一粒種を抱くその姿には、悲愴感のかけらもなく、むしろ水を得た〝人魚〟のように生き生きとしていた。しかし、二十一歳にして、「結婚・出産・離婚」を経験するのは、いかにも友美らしい生き方のようにも思えた。


十九歳の慎一は、友美の「優花の生まれ変わりを産むよ」という言葉に何となく希望の光を見たような感じがした。もう一度、優花と会えるような気がしたからである。慎一は「生まれ変わり」についてもっと詳しく知りたくて、友美に聞いてみた。すると、友美は高校一年の時に優花のことで気が滅入《めい》っているときに、大学教授である父親から、インド哲学や仏教の根本概念の一つである「輪廻《りんね》転生」思想を教わり、希望を持つことができたと話した。友美の父親は、「人間の霊魂は肉体が死んでも、永遠に生き続ける。ちょうど、車輪が回るように、次の肉体へと移り変わる。友美は将来、きっと、女の子を産むだろう。その女の子は粉れもなく、優花の生まれ変

わりだ」と言った。友美は父親の言う「輪廻転生」思想を完璧に信じ込んでしまい、それ以来、「輪廻転生」に関する書籍をあらかた読破したという。そして、優花と「血縁関係」にある「生まれ変わり」を早く産みたかった、と言った。

そもそも友美は、「生まれ変わり」に関して、特異で不可思議な体験を持った。それは、優花の「自壊」のあと、苦しいこと、哀しいことがあれば、友美は心の中で自然と亡き優花に助けを求めるようになり、何を想うのでも亡き優花に問い掛け、心を開いた。しかし、友美に対して亡き優花は何の手助けをもしてくれなかったが、生まれて初めて経験する悪阻《つわり》の起こった日に、優花が中学校の時の制服を着たまま、夢枕に立ち、「友美。私、生まれ変わるよ。少し痛いけど我慢してね。また会えるよ」という言葉を聞き、その姿を見た。少し気味悪くなって目を閉じ、もう一度、目を開けてみると、優花の姿は煙のように消えていた……。

友美は「優花喪失」の補完を自らの生まれてくる子供に託して女の子であることを期待し、亡き優花の不思議な「受胎告知」で女の子であることを予感した。実際、優花の手を借りて、無事、安産で産まれた子供は友美の希望したとおり、念願の女の子であった。名前も優花と同じ「花」に因《ちな》んで、〝茉莉《まり》〟と名付けられた。

慎一は出産祝いを兼ねて、再び友美のもとを訪れた。生まれ落ちた茉莉を抱くその姿は、すっかり一児の母親となっていた。もう、そこには、慎一の強く印象に残ったあの十四歳の頃の面影は完全に消えていた。

……あの友美との五年振りの再会の時に、友美の言う「優花の生まれ変わり」として生まれた茉莉も、もうすぐ十四歳を迎える。慎一は時の流れの早さを目の当たりに感じた。

＊

慎一は、茉莉と会えるのが楽しみだった。ちょうど優花や友美のあの頃と同じ年齢を迎える。慎一は十四歳の頃の優花や友美の面影を心に思い浮かべ、二人の完全な焼き写しを想像した。永い女性の一生のうちで一番、透明で、最も妖精に近い年頃でもある。そして、慎一はふと、優花の十四歳の誕生日を思い出した。慎一と優花の二人は、その十四歳の「王女の誕生日」に友達の関係よりも少し深い関係を固く結んだ。二人の関係はちょうど、「王女の誕生日」から始まり、あの悲劇とともに消え去ってしまった。しかし、今、なぜ、茉莉の十四歳の誕生日に「優花の生まれ変わり」の女の子と会うことになったのか、不思議に思った。母親の友美が誕生日会の開催を思いついたのが、たまたま十四歳だったのか、それとも、そう仕組んだのか。いや、ただ単純に自分の娘の成長を慎一に自慢したかっただけなのか。いずれにしても、慎一は変に運命的なものを感じた。

慎一はそう思うと、「優花の生まれ変わり」に早く会ってみたかった。まだ見ぬ茉莉に恋愛という感情の断片もかけらも持っていなかったが、優花の血に一番近く、優花のあの頃と同じ年頃に成長した茉莉を亡き優花の完全な蘇生《そせい》として心待ちにした。ただ、「優花の幻影」を目《ま》の当たりにできるという期待だけが大きく膨らんだ……。

2

　慎一はその日、かつての最寄りの駅に降り立つと、懐しい光景が目の前に広がった。およそ二十年ぶりに訪れる小中学生を過ごした場所だった。しかし、駅周辺の様相は、慎一の記憶とは、少し別の様相を呈していた。当時あったデパートは、ファッションビルに変貌《へんぼう》していて、駅前の商店街も、八百屋や魚屋や牛乳屋は姿を消し、コンビニや一〇〇円ショップや新種のコーヒー店が妙に目についた。慎一の記憶にない景色が異質なもののように感じられた。

　しかし、大まかな街の造りはあまり変わっていなかった。駅ビルもあり、噴水を囲むロータリーもあり、今のバス停もかつての場所とほぼ同じ位置にあった。

　慎一は約束の時刻よりも、少し早目に自宅のマンションを出た。友美の自宅に行ったついでに、近くにあった元の自分の家と、幼い時期によく遊んだ場所を、もう一度訪れてみたいと思っていたからである。慎一はふと優花の両親のことを想った。優花の「自壊」の日の夜、慎一は全てのものが眼中になく、気持ちの余裕すらも全然なかった。優花の両親の存在も他《ほか》のことも同様に眼中にはなかった。後々の話で、優花の母親も心労で入院したのを聞いた。当時の慎一は、優花を「自壊」へと追いやった張本人だと友美に責《せ》めたてられ、恐しくて優花の両親に合わせる顔がないと思い込んでいた。特に優花の母親とは自分の母親よりも親しく何でも話していたこともあり、余計に一度会って謝罪すべきだと思いながら、会うこと自体が怖かった。どういう表情をして、どう言えばいいのかも分からなかった。しかし、それから一ヶ月が経ち、一年が経っても、優花の両親からは慎一に対して何の咎《とが》めもなかった。結局、そのまま二十年も会わずに時間だけが無為に流れた。

慎一は元々の自宅に近いバス停で降り、優花の自宅の前に立つと、ふいに中学生の頃に戻ったような気持ちになった。呼び鈴を鳴らせば、今にも優花が出てきそうな気がした。ドアから顔を半分だけ出して、恥しそうにしているあの優花のかわいい額と大きな二つの瞳を思い出した。慎一はもうこの際、優花の母親に謝るため、実際に呼び鈴を鳴らそうとしたが手が震えた。二十年前のあの悲劇の夜に、この家の中で、どういう会話が為《な》されたのかと想像しただけでも怖くなってきて、そのまま足をかつての自分の家の方へと向けた。五分とかからないところにある自宅は当然、以前よりも少し古くなっていて、違う誰かが住んでいた。慎一は、このかつての自宅と優花の家との間を一体、何往復したことだろう、と考えた。優花は幼い頃、よく裸足《はだし》で自宅を抜け出し、慎一の家の玄関に現れた。しかし、慎一の両親は幼い優花を優しく迎え、いつも口癖のように「優花は妖精だから」と微笑んだ。今ではその淡い妖精もどこか遠くの森のずっと奥に身を隠してしまっている——。

慎一は約束の時刻まで、十分に余裕があったので、かつて遊んだ公園に向かい、近くの川岸に向かい、よく近所の子供たちと野球をした、ただ広かっただけの広場へと足を向けた。公園の大きさも川岸の幅も、慎一の背丈が伸びた分、以前よりも小さく感じられた。広場は、今、住宅地に変わっていて、いくつもの世帯が所狭しと暮らしていた。

慎一は少しでも、記憶に残っている場所に隈《くま》なく足を向けた。小学校を訪れ、中学校にも訪れた。今、現在は茉莉が通う中学校でもある。慎一は十数年前に友美と再会した時、「私たちの中学校に『亡き王女のお墓』ができたのよ」という言葉を耳にしていたが、慎一は現場を訪れる気がしなかった。どうしても、優花は死んだのだという事実を信じたくなかったからである。しかし、今となっては時間の経過が慎一の荒立つ気持ちを解決させ、自然と足が向いた。

……小学校の校庭は日曜日には父母一般にも自由に開放していたが、中学校の校門は内側から固く旋錠されていて、校内には一歩も踏み入れることができなかった。校門の鉄の棒を握りしめ、何度も揺らしてみたが、ただ旋錠された大きめの鍵が軋《きし》む音を繰り返すだけであった。慎一は手を止め、校門から見える校舎の屋上を見つめた。一般の人には何でもないただの校舎の屋上に鳥肌が立った。背中や肩を刺すように降り注ぐ真夏の日差しもただ、冷たくて痛いもののように感じられた。

慎一はふいに我に還り、時計を見つめると、友美との約束の時刻にはまだ少し時間があったので、燃えるような真夏の日差しから逃れるため、近くの喫茶店で吹き出した汗を拭《ぬぐ》い、しばらく時間をつぶした。

友美は、かつての慎一や優花の家よりもバス停二つ離れたところに住んでいるので、ゆっくりと歩いて行けば、時間通りに着けるだろうと計算した時刻に慎一は席を立った。しかし、友美の自宅までの距離も公園や川幅同様に、かつての感覚よりも短く感じて、思っているよりも早く辿り着いた……。

第八章　マリーの物語

1

……慎一は久しぶりに友美の自宅の前に立ち、天を突き刺すように聳《そび》える黒い門構えに少し威圧感を感じた。一度、呼び鈴を鳴らしてみたが、少し早い慎一の訪れに応答は遅かった。しばらくして、少し濁った声がしたが、友美か、娘の茉莉の声なのかがはっきりと区別できなかった。玄関口から、誰かが顔を覗《のぞ》かせたが、門からは少し距離があったので、遠目からもやはりどちらか、はっきりと見分けがつかなかったが、よく見ると、茉莉だった。茉莉は母親の影響で、派手な歌舞伎の隈《くまど》取りのような化粧をしている。しかし、慎一は茉莉を一目見て、即座に「優花の生まれ変わり」というよりも、かつての優花そのものだと感じた。茉莉のあとを友美も追って来ているが、その容姿は茉莉を産んだ頃とあまり、変っていなかった。慎一は友美と茉莉を目にして、かつての優花とその母親を思い起こした。どちらの組合わせも少し年齢《とし》の離れた姉妹のようにしか見えなかった。

友美は慎一と会ってすぐに、嬉しそうな表情で「久しぶりー」と言って微笑んだ。慎一は少し照れくさそうに一礼し、玄関の敷居をまたいだ。ちょうど二階からは少し年老いた友美の両親である「先生」夫婦もゆっくりと降りてきていて、慎一の成長に目を丸くしていた。長い廊下の突き当たりのリビングに会場が設けられており、既に茉莉の友達が五人ほど集まり花を添えていた。慎一も特別招待で茉莉を囲み、一日早い十四歳の誕生日会が、母親の友美のマッチを擦《す》る音で始まった。

十四本のろうそくは、手際《てぎわ》良く点火され、友達の一人が、揺らめいているろうそくの火を指差し、ろうそくの火も茉莉に拍手してるみたい、とあの頃《ころ》の優花が言いそうなことを口にした。茉莉を含めた六人が顔を寄せ合うようにして、ろうそくの火を囲み、口々に何かをつぶやいていると、誰からともなく、〝ハッピー・バースディー・トゥー・ユー〟を歌い出し、茉莉は五人の歌声の真ん中で、すかさず、ろうそくの火を吹き消そうとした。しかし、ひと吹きでは消えなかったので、二度三度してようやく全ての火が消えた。その後に、火の消えた十四本のろうそくは頼りない白い煙の線を幾本も描いた。


全員が茉莉に拍手し、慎一は久しぶりに家庭的な雰囲気を味わった。楕円形をしたマホガニー製の広いテーブルには、フランスの古城を模したレモンチーズケーキを真ん中に、友美・茉莉母娘によるお手製のカルボナーラやナポリタンのスパゲッティ、ミックスピザ、チーズフォンデュなどのごちそうが賑わいを添え、エビのチリソースやチンジャオロース、フカヒレのスープなどが静かな湯気を立てていた。料理は全て銀色の大皿の上に盛られ、ビュッフェ形式となっていて、自分の食べたい料理を好きなだけ、丸いガラスの小皿に乗せ、各々が口にした。

茉莉を含めた六人の女の子がひと塊りとなって、学校の話題か流行《はやり》の芸能人のことを話題をしながら、テーブルに群がり、黄色い悲鳴を上《あ》げていた。友美は手慣れた手つきで別のストロベリーケーキを九等分している。「先生」夫婦には黄色い悲鳴に巻き込まれないように、特上の寿司があらかじめ用意されていた。慎一は九等分されたケーキを一つとパイナップルを二、三切れとブルーベリーヨーグルトを平らげるだけで、腹が満たされた。

六人が六人とも両手に小皿を持ち、楽しそうにしゃべりながら、大きなワイドテレビのある隣の別室に向かった。「六人組」は大きな紫色のガラスのテーブルを囲《かこ》み、全員がクリーム色の革のソファに腰掛けた。六人の去ったあとのテーブルは、女性のバーゲンセールで、ごった返した後《あと》の衣類の売場に似ていた。「六人組」は十四歳にして、早くも女性の特質を体のどこかしらで会得《えとく》していた。その後の残飯整理は友美と慎一の役目となり、「先生」夫婦を含めた四人が広い楕円形のテーブルに残されたままになった。

「慎一君、元気そうで何よりだね」と先生は言った。

「はい、先生もお元気そうで嬉しいです。何か、あれから二十年も経った気がしませんね」と慎一は言った。

「そうだ、時間の経過なんてのは、単なる人間の感情による一人よがりの錯覚だ。それより、慎一君、君はもう結婚してるのかね？」

「いいえ、まだです」と慎一は少し照れくさそうに答えた。すると先生は、少し堅い表情になって、「君に優花のことを話すのは、もう時効かね？」と問うた。

「時効というか、優花のことはもう、夢とか幻に近い感じがします」

「でも今日は茉莉に会えてよかっただろ。茉莉は完璧に優花の生まれ変わりだからな」

「はい。もう十年近く前に友美から先生の輪廻《りんね》の話を聞いてましたので、今日は茉莉ちゃんに会えて、本当によかったです」

友美は少し疲れた表情でテーブルに片肘をついて、二人の会話をそれとなく聞いている。

しばらくすると、「六人組」が空《から》になった小皿を抱えて、またリビングに舞い戻ってきた。楽しそうな黄色い悲鳴が、六人が移動するシグナルとなって、辺りに響き渡った。「六人組」の次の関心が慎一の方に向き、そのうちの一人が、「慎一さんは、結婚しているんですか？」と聞いた。

「いや、まだしてないよ」

「じゃあ、彼女とかいるんですか」

「……残念ながら、いないよ」と慎一が口にすると、「六人組」はまた、一斉に「うそー、本当ですかー？」と奇妙な意味不明の嬌声《きょうせい》を上げた。

しばらく無言のままでいた友美は、煙草を一本吸い終え、茉莉にレモンチーズケーキを人数分に切り分けるようにと言った。あまり甘い物が好きでない慎一は茉莉に、「僕はもうケーキはいらないから」と言ったが、友美は、「茉莉の手作りケーキだし、そんなに甘くないから食べて」と勧めると、「えっ、これ、手作り？　じゃあ、頂くよ」と言った。茉莉は意外に包丁さばきが得意で、レモンチーズケーキの古城も器用に解体された。友美は、この春に茉莉と二人でニュージーランドへ旅行に行った時に買い付けた紅茶の葉を茶こしに乗せ、氷を目いっぱい入れたグラスに熱湯を落として、アイスティーを拵《こしら》え、レモンを輪切りにし、ガムシロップをテーブルに揃《そろ》えた。

……突然、茉莉の友達の一人が、「誕生日プレゼントのある人は、茉莉の前に集合ーっ!!」とみんなを招いた。茉莉はケーキを切る手を止めて、その場で〝気をつけ〟の姿勢になって、少し恥しそうな表情をした。

最初に、一人目の女の子が色とりどりの折り紙で千羽鶴を小さく折って、糸で結んだ首飾りを三本、茉莉の首に掛け、「おめでとう、茉莉っ」と言った。次に二人の女の子が双方から、ラベンダーとチューリップの大きな花束を茉莉に手渡した。次の四人目の女の子は、オレンジの色がついたサングラスの柄《え》の部分を茉莉の両耳に掛け、片方の頬にキスをした。すかさず、茉莉は、「ひゃあー」と静かに声を上げげた。五人目の最後の女の子は、「茉莉に絵本を作ったよ。題名は〝マリーの物語〟。時間あったら、読んでね」と言って絵本を茉莉の脇腹と花束との間に差し入れた。

茉莉の祖母が、「茉莉ちゃん、おめでとう。はい、これ、おじいちゃんとおばあちゃんから」と言って、図書カードを茉莉の脇と絵本の間に挟《はさ》んだ。

友美と慎一は、どちらが先に行くかを目で合図を送った。慎一が先になり、プレゼントの包装紙をポーチの中で破り、箱から香水の入れ物を取り出した。両手で入れ物を覆《おお》うようにして隠し、茉莉の千羽鶴に溢《あふ》れた胸元に吹き掛《か》け、「さて、この香水の匂いは何でしょう?」と「六人組」に質問を出した。すると、五つの小さくてかわいい鼻が茉莉の胸元に集まった。

……しかし、十四歳にしては嗅覚が鋭い一人が即座に、「あっ、これは、『アナ　スイ』だっ。『アナ　スイ』の『スイドリーム』だっ」と答えた。慎一は「正解。すごいね」と言って、「スイドリーム」の入れ物を元の箱に戻して、「おめでとう、茉莉ちゃん。可愛くなったね」と言って、茉莉の手のひらの上に「スイドリーム」を乗せた。すると、「六人組」の一人が、「即、お見合い成立っ」と言って、五人は茉莉を冷やかした。茉莉は恥しそうに頬を少し赤く染め、下を向いた。

……「六人組」は「スイドリーム」の甘い匂いに酔った。茉莉は両手が塞《ふさ》がっているため、「六人組」の一人に、「『アナ　スイ』を箱から出して」と頼んだ。そして、茉莉はラベンダーとチューリップの二つの花束と絵本をテーブルの上に置き、「スイドリーム」の入れ物を手に持ち替え、五人それぞれの胸元に吹きつけた。それから、茉莉は慎一にとって信じられない行動を取った。あの二十年前のクリスマスの夜の優花と同じように、殺虫剤のように、部屋中に「スイドリーム」を吹きつけた。

香水を殺虫剤のように使う女の子は珍しい。慎一はこんな大胆な振る舞いでも、茉莉は「優花の生まれ変わり」かもしれないと感じた。
最後に、母親である友美が、吸っていた煙草を灰皿で揉《も》み消して、席を立った。友美は、「今度はママの番か」と言って、箱の中から、ピンク色と朱色と赤色の柄《がら》が足の甲で複雑に絡み合っているミュールを取り出し、茉莉の足元に置き、「これ、高かったのよー」と言って娘を祝った。茉莉は再び花束と絵本を抱え、全員の前で「不純な十三歳から、清く正しく美しい十四歳になりまーす!!」と言って、母親譲《ゆず》りの大きな瞳に嬉し涙を浮かべると、明るい拍手の渦が茉莉を包んだ。

友美は茉莉が切り分けていたレモンチーズケーキを各々の小皿の上にゆっくりと置いた。茉莉はまた、花束と絵本と図書カードをテーブルの上に置いた。各々がレモンチーズケーキを口に運び、満足そうな笑顔を見せた。茉莉は「スイドリーム」の入れ物を手に持ったまま、母親からプレゼントされたミュールを履《は》きたいがために、あとの五人に、「天国に行こうか?」とつぶやいた。〝天国〟とは、最近駅ビルに開店した、十代の女の子向けのファンシー雑貨の店で、この地域の中・高校生の女の子の関心の的になっている。全員が異口同音に、「賛成ーっ」と甲高い声を上げ、急に表に駆け出した。「六人組」が去ったあとには、妙な沈黙だけが残った。

茉莉は途中、千羽鶴の首飾りを首に掛けたままでいるのに気づき、みんなにからかわれたが、最新のファッションだよ、と言って自慢した。

2

……妙な沈黙を破ったのは友美だった。既に「先生」夫婦も日曜日の午後とあって、どこかに外出していて、慎一と友美がその場に残されたままになった。

「今日はどうもありがとう。お金、使わせたね」と話の口火を切った。慎一はそんなに高価なものではないから、気にしないで、と優しく答えた。

友美は無言で明るい微笑を浮かべ、テーブルの上の銀皿やら食器類を両手に持ち、流し台の方へと移し始めた。全ての銀皿には食べ残しもなく、綺麗に平らげられていて、友美の余分な手間を省《はぶ》いていた。途中、慎一は友美を気遣って、「手伝おうか」と声を掛けたが、友美は、「いいよ。ゆっくりしてて。コーヒーでも淹《い》れようか?」と背中を向けてつぶやいた。

しばらく、友美は食器洗いに専念し、慎一は煙草を一本、吸った。食器洗いの途中、急に友美はそのままの姿勢で、「今日、慎一をここに招いたのは誰だと思う?」と問い掛けた。「友美だろ」と慎一は答えたが、「正解は今日の主役よ」と友美は言った。

「どうして? 僕は茉莉ちゃんが赤ちゃんの時にだっこしてあげたくらいなのに……。僕のこと、知ってるわけないよ。また、例の〝生まれ変わり〟で茉莉ちゃんが生まれる前のこと知ってるというわけ?」

「ちがうよ。茉莉が今、私たちの通ってた中学校に行ってて、〝王女〟のお墓が優花のものだと分かって……。それで」

「それで、俺のことが話題になっているという訳か」

「そう。そうなの」

「へえ、でも、友美、先生も言ってたけど、茉莉ちゃんは確かに優花そっくりで、今日の六人の中でも、一番、輝いていて可愛いけど、〝優花の生まれ変わり〟であってほしくないよ。だって、優花の生まれ変わりだったら、先生の説明してくれた〝輪廻転生〟に置き換えると、ひょっとすると茉莉ちゃんもあと半年くらいしたら、優花みたいになるぜ」

「それは嫌だけど、私の中では、優花は茉莉であって、茉莉は優花なの……」と友美は口にすると、また無言になった。慎一は友美の後ろ姿しか見えなかったので、はっきりとは分からなかったが、感じからして、友美は少し泣いているようにも見えた。

「でも、慎一。やっと、二人の間で優花の話が普通にできるようになったね……」と友美は口にした。

——友美は食器洗いを全て終えると、コーヒーメーカーのスイッチを入れ、ペーパーフィルターを敷き、その上にコーヒー豆の粉を置いた。少しすると、少量の茶色の一滴、一滴が知らない間に、透明だったコーヒーメーカーのガラス容器を濃い茶色に染めた。友美はマグカップを二つ用意し、出来たての熱いコーヒーを入れて、トレイに乗せた。そして、慎一の前と自分が座わる位置にマグカップをそっと置き、「ふう、疲れた」と言ってテーブルの椅子に腰掛けた。手元に自分の煙草が見当たらなかったので、慎一から一本もらって、口にくわえ、ライターで火を点じた。そのまま、窓の外をぼんやり見つめ、「今日も暑そうね」と口にした。

「でも、慎一、今日は本当にありがとね。慎一をこの場に招いたのは茉莉本人だけど、私も、久しぶりに慎一と会いたかったし、茉莉の成長も見てもらいたかったのよ。でも、あと一つ、慎一にどうしても話しておきたいことがあるの」と言って友美は席を立ち、ゆっくりと二階へ上がった。少しして、舞い戻ってきて、少し黄ばんだ手紙を何通か手にして、慎一に手渡し、「この手紙は全て、優花のものよ」と言った。

慎一は少し険《けわ》しい表情になって、封筒の中から丁寧に手紙を取り出して真剣に目を通した。優花から友美への手紙は五通あって、月日の古い順から並べてみると、最初の二通は、十四歳の夏休みの時の手紙で、この時はまだ慎一と優花は交際を初めていず、優花の慎一に対する想いを友美に相談している手紙だった。三通目は、「王女の誕生日」の次の日の消印で、慎一との交際できる夢が叶った喜びの手紙であった。四通目は、慎一が優花に「セックス」の話を持ち掛け、悩んでいる時期の手紙で、一番最後の手紙に目を通した慎一は体が震えた。優花の友美への手紙は〝薔薇色の怪物〟、〝華やかな悪夢〟〝王女の崩壊〟といった二人にしか意味が分からない言葉が多く、意味がはっきり摑《つか》めなかったが、「産婦人科」、「妊娠していたら怖い、恐い」、「慎一に嫌われる」という文字が黒い棘《とげ》となって慎一の心を突き刺した。

「……優花が妊娠……」と慎一は口の中で小さくつぶやき、嘘だと思って、封筒を裏返してみると、優花の名が記されていて、消印の日付が、「'80・4・23」となっている。優花が「自壊」したその日の消印であった。慎一は顔が蒼白になり、友美に想いをうまく伝えることもできなくなった。

しばらくして、友美は、「慎一にこのことをすぐに伝えるべきだったと思ってたけど、あの時はただ、慎一を憎んでいて会う気にもなれなくて……」と言った。

――友美は慎一に優花の最期を一部始終、話した。「今まで慎一には一言も話したことなかったけど、優花は慎一が関西の中学校に転校したあとに自分でも体の異常を感じて、妊娠に気づいたのよ。でも、その事実を誰にも相談できなくて、結局、私にも本音を言えないままで……」と友美は話の途中で、言葉に詰まり、次第に涙が瞳から溢れ出し、一時的に席を外した。

……慎一はふと我に還り、優花が当時、あの十四歳の誕生日に、「赤ちゃんが欲しい。女の赤ちゃんが欲しい」と口にしていたのを思い出した。それから半年して、実際に妊娠してしまい、「十四歳」という年齢にも問題もあるが、優花の言った滑稽《こっけい》な体型になるのが怖い、恐しい、嫌だという想いと、純粋に赤ちゃんが欲しいという想いとが矛盾していて、二つがうまく結びつかなかった。慎一はちょっとしたきっかけで、ひとつの物事が両極端に振れてしまう、あの思春期の女の子特有の繊細で壊れやすい優花の心を想った。

……やがて、涙を押さえ、ハンカチを手にした友美が戻ってきて、冷静に話し始めた。――慎一を最後に、東京駅まで見送った帰りに、優花は突然、生理が二ヶ月近く遅れていて、一人で産婦人科に行くのが怖いから、私と二人で行くと約束してたけど、結局、優花一人で行くと言い出した。診断の結果は優花が言うには、体調不良で遅れているだけだった。生理不順というのは個人差があるし、体調の良し悪しによっても左右されるから、私はただ、優花を信じてあげるしかなかった。でも、体調不良で二ヶ月も遅れるかな、と当時の私は思ってたけど、優花の声音も明るいし、疑っても始まらないと自分自身に言い聞かせていたの。それから、私は優花を気遣って、頻繁に優花のところに足を運んでいたけど、真から明るい表情に戻ってきたな、と思った途端にあんなことになって、と言って、友美は口をつぐんだ。

慎一は友美の話を耳にし、長い間、疑問の解けなかった優花の「自壊」が完全に手に取るように理解できた。当時の友美がただ、慎一を悪者扱いして、執拗《しつよう》に「優花を返して!!」と何度も叫びたかった気持ちにも、今となって初めて気づいた。慎一は当時の優花の苦しい思い、哀しい気持ち、逃げ場のない追いつめられた日常生活を頭に思い浮かべると、耐え切れなくなり、変に体が疲れてきた。ふと、あの頃の優花からの手紙の内容を思い返すと、「妊娠」の一語もなかったような気がした。「怖い」「恐しい」の一語もなかったような気がする。ただ、「会えなくてさみしい」「早く会いたい」「早く帰ってきて」といった別れに対する哀しみを埋め合わせるための言葉を単純に羅列したものであったような気がした。

友美は少し俯《うつむ》き加減で、「結局、優花のあの純真で無垢な気持ちが自分自身を壊してしまったのよ……」と言った。

「友美、ごめん。今さらこんなことを言うのもおかしいけど、全て僕の責任だ。僕が悪かったんだ。本当に謝るよ」

「そんなことないよ。一番悪いのは、優花自身よ。勝手にあんなことしちゃって」

しかし、慎一は今の今まで優花が妊娠していた事実さえも全く知らなかった自分が、今こうして普通に生きていることに違和感を感じた。あの優花の「自壊」を初めて知った時、後追い自殺を真剣に考えた悲しい夜を思い返した。その時に強烈に覚えた自分自身が生き残っているという、どうしようもないくらいの違和感。自分自身の存在を単なる蝉の抜け殻のように感じて、誰かが何気なく足で踏んで、跡形《あとかた》もなく形を崩して欲しかったあの夜が再び蘇った……。

「もう優花みたいな犠牲者を出したくない。それが私の優花に対する償《つぐな》いであり、私の使命になったの。だから、宇宙飛行士の夢を捨てて、今、こうして産婦人科医になったの……」と友美は言って、優しく微笑んだ。実際、未成年の誤《あやま》ちに思い苦しんでいる女の子も時々いて、誰にも本当のことを言えなくて、ただ悲しい気持ちになっているの。体は立派な大人なんだけど、心はまだまだ未熟な「迷える子羊」たちが何のためらいもなく、足を運んでくれる産婦人科医になりたいし、そういう女の子を一人でも多く救いたいの、と友美は心から深くそう願った。

……慎一は友美の優しい微笑みによって、闇の深淵へと突き落されたような沈んだ気持ちから、少しずつ立ち直ってきた。もう一度、優花の手紙を広げ、その特長のある懐しい字面《じづら》を見つめた。当時の優花は友美に対して、「嘘をついてごめん」「死にたい」「苦しい助けて」「絶対に変な体形になりたくない」とネガティヴで悲観的な言葉だけを並べて「苦しい現実」を訴え、慎一に対しては、「将来の淡い夢や希望」だけを伝え、想いをきっぱりと書き分けていた。慎一は優花の手紙を読み返して、体の中で何かが壊れるような想いがした。

当時の慎一は、優花とのお互いの哀しみや苦しみ、将来の希望を完全に分かち合えていたものと信じていたが、優花はもっと深いところで、もがき苦しんでいたことを思うと、ただただ心苦しかった。

……慎一はふと、当時の優花が妊婦となったことを想像してみた。本人は、「不様で滑稽」な姿と言っているが、慎一にとっては品のある「王女」の愛らしい姿であると思えた。そして、あの十四歳の優花が自分の赤ちゃんを抱いている姿も想像してみた。すると、この世で稀《まれ》なほどに牧歌的で穏やかな光景が瞼《まぶた》に浮かんだ。

「しかし、友美。当時は毎日、顔を合わしてたのに、二人で手紙を出し合ってたの?」

「そうよ。女の子ってそういうものよ。今なら、メールがあるからいいけど。でも、今から考えるとちょっと変だけど、当時は、毎日顔を合わして想いを伝えてるんだけど、その日の夜に、また同じことを手紙に書いて、投函っていうのを、二人の間でよくやったわ」

「何か、変なの」

「ところであの子どう思う？　ほれた？」と友美は慎一をからかった。

「あの子って誰？　茉莉ちゃんのことか？」

友美はテーブルに頬杖《ほおづえ》をついて、無言でうなずいた。

「茉莉ちゃんはまだまだ子供だよお」

「いやいや、彼女はもう初潮も迎えてるし、立派な女性よ……」と言って友美は二つの花束に触れた。テーブルの上にそのまま置かれているのに気づいて、花瓶に活けようと思い立ち、席を立った。

慎一は二つの可憐な花束を見つめ、「ねえ、友美。〝……美しい「花」がある、「花」の美しさといふ様なものはない……〟って誰のフレーズか、覚えてる？」

「うーん、誰だろ、忘れた」

「昔、大学受験の時に、さんざん出題された小林秀雄の文章の一節だよ」

「ああ。小林君ね。何か、すごい懐しいー」

「僕は当時、このフレーズは優花のことを言っているような気がしてならなかった。だから、今でも覚えてるんだけどね。でも、僕が小林秀雄だったら、こう書くね。〝……優しい「花」が枯れた。「花」の優しさに僕は一生、苦しめられる……〟とね」

「慎一……」

友美は今の慎一にとって、優花はただの美しい思い出としか映っていないのかな、と思っていたが、そうではなく、今も昔のままの優花をずっと、想い続けているんだ、と感じた。

＊

「うーん。いい匂い」と友美はテーブルの上で丁寧に花束のリボンをほどき、透明のビニールをはがした。用意された赤と青のガラスの花瓶には、途中まで水が入っているのが透けて見えた。

「……慎一にアナ　スイをプレゼントしてもらってこんなこと言うの悪いけど、天然の花の匂いに勝《まさ》る匂いってないよね……。花の匂いを嗅《か》いでるだけで、何となく幸せな気持ちにさせてくれる……」

「それは言える」

「うーん。ほんとにいい匂い。でも慎一。何か、ノスタルジーにひたることってかっこ悪いね。私たちにとっては傷の舐《な》め合いみたいで」

慎一は目をつむったまま、無言でうなずいた。ラベンダーとチューリップの匂いが美しく溶《と》け合い、辺りを満たした……。

――突然、インターフォンの音が優しく鳴り響いた。友美はゆっくりと受話器を外し、「はいはい。今から開けるから」と言って、解錠《かいじょう》のボタンを押した。しばらくすると、玄関のドアを乱雑に開ける音が聞こえ、長い廊下を駆ける音がした。音がこちらの方に近づいてくると、リビングのドアが開き、「ママー、病院のポストに……」と言いかけたが、茉莉は慎一がまだいるのに気づいて、「わあ、びっくりしたぁ」と驚きの声を上げた。もう既に慎一は帰宅したものと思い込んでいたからである。時刻はもう既に夕方の六時を回っていたが、夏の太陽は沈むのを拒むかのように、今も照り輝いていた。

「あー涼しいー。のど乾いた」と言って、茉莉はそのまま、冷蔵庫のドアを開け、麦茶のポットを取り出し、黄色のグラスに注いで、喉を潤《うるお》した。茉莉の胸元を美しく彩っていた千羽鶴の首飾りは汗で変色していて、歌舞伎のメイクも落ちて、顔が汚れているように見えた。友美は、茉莉の姿を見るに見かねて、「早くシャワーを浴《あ》びてきなさい。愛《いと》しい慎一さんにそんな恰好、見られたら、百年の恋も儚《はかな》い夢に終わってしまうわよ」と言った。

茉莉は、「バカじゃない?」と言って、逃げるようにして風呂場へと消えた。友美はふと、茉莉が、「病院のポストに……」と言った回覧板に目を通した……。

――「病院」とは今年の四月に開業したばかりの友美が経営する産婦人医院のことで、自宅の広大な庭の一画を父親の一存で、病院に造り変えることとなった。今年の一月に開業医の免許を取得し、役所への届け出も無事終えて、この四月に開業したばかりであった。

「もう、そろそろ、時間も時間だし、俺、帰るよ」と慎一は言った。友美はすぐに夕食の仕度をするから、と口にしたが、慎一は丁重に断った。「友美も茉莉ちゃんがいて、本当に幸せそうで安心したよ。茉莉ちゃんも優花と同じ道を歩んでほしくないけど、完全に優花の生まれ変わりだな。似てるとか似てないの次元じゃなくて、優花そのものだよ」

「私は本当に茉莉が大事……」

友美はここ最近、特に茉莉と優花が不思議なほど重なって見えてしまい、茉莉と面と向かって話していると、自分もいつしか十四歳の頃に舞い戻っていて、次第に優花と話をしているような妙な気持ちに陥ることがしばしばあった。

「また、遊びにくるよ」と言って席を立ち、慎一は友美に背中を向けた。玄関まで見送るから、と友美は夕食を作る手を止めて、慎一の後《あと》を追った。慎一は玄関口で腰をおろし、靴を履《は》いた。そして、振り向き様《ざま》に、「やっぱり、ノスタルジーはかっこ悪いよ」と言って、優しく微笑んだ。


……シャワーを浴びて、生まれたての「人魚」に変身した茉莉は、大きな花柄のバスタオルをその体に巻きつけ、リビングに姿を見せたが、慎一のいないのを不思議に思った。母親に聞いてみると、「今、帰ったばかりよ」と哀しい返事が返ってきた。煙のように、いなくなった慎一に対して、茉莉は、「あーあ、慎一さんも不幸な人だなあ。せっかく茉莉のヌードが見れたのに……」とつぶやくように、独《ひと》り言《ごと》を言った。

一部始終を聞いていた友美は、「あんた、バカじゃないの？」と茉莉の口調を真似た。

3

その夜、茉莉は慎一に手紙を書いた。淡い恋が小さな胸に芽生《めば》えたからである。茉莉は渾身《こんしん》の想いを込めて、可憐な言葉を紡《つむ》いだ。稚拙《ちせつ》な表現や言い回しは極力避《さ》け、故意に大人が使うような言葉を辞書で調べて、書き記した。文章の一番最後を「かしこ」と結び、茉莉のことをしっかりとした大人として認めてくれるような手紙に完成させたかった。慎一に、「可愛くなったね……」と〝愛の告白〟をされて、慎一の両手が茉莉の両肩をしっかりと摑んだ時、茉莉の小さな肩から腰にかけて、熱いものが流れた。茉莉は独《ひと》り善《よ》がりな考えで、慎一は、私に好意を持っているんだと感じた。大人の男の黒い瞳が茉莉に向けられた時、慎一の「僕はずっと、あなたと出会うのを待っていた」という心の声を聞き、真摯《しんし》な愛情を感じ取った。

茉莉は同い年の男の子のいくつもの拙《つたな》いラブレターや、急に人を呼び出して、何を言うかと思えば、全くの期待外《はず》れで、通り一遍《いっぺん》のことしか表現できない数多くの子羊たちを頼りないものにしか思えなかった。まだ、母親の友美の方が男らしさや、さっぱりとした感情を持ち合わせていた。茉莉の期待する男子像は、「僕はあなたが死ぬほど好きだ。もし、あなたが僕を受け入れてくれないなら、今、ここでハラキリをします」と言って、気軽に切腹してしまうような男を痺《しび》れるほどに愛したい。最愛のエルヴィスに、「マリーは恋人」とあのプラスチックのような歌声で囁《ささや》かれたい……。

しかし、茉莉は今、慎一にどうしようもなく夢中になってしまっている。自分でも戸惑うほどに好意を持ってしまっている。慎一は茉莉が二歳の時に抱《だ》っこして、オムツを替えてあげた、と話していたが、茉莉自身には全くその記憶はなかった。茉莉にとっては、今日が慎一との初対面で、今日から人生や生活が豹変《ひょうへん》したような気がした。二歳の時に茉莉が十分に慎一の存在を感じ取っていたら、今頃は男性に対して、全然違う感覚を持っていたのかもしれないと思った。ただ、茉莉は純粋に慎一を思い、その透明な想いを文字に換えた。

＊

慎一の帰宅はほぼ毎日と言っていいほど、夜遅く、時に日を跨《また》ぐこともあった。慎一はここ最近、帰宅する度、頻繁《ひんぱん》に入っている友美からの留守電が気になっていた。慎一は先週の日曜日に友美の自宅で何か大変な忘れ物でもしたのかと考えたが、身の回りで不自由に感じるものは全然なかった。一つ思い当たるとしたら、「これは元々、慎一のもとに届けられるべきだった」と言う、優花の最後の手紙だ。友美の気が変わって、やっぱり返して欲しいということぐらいしかなかった。それとも、ただお礼を言うだけの電話かと思ったが、ここ二、三日、友美は執拗に、何度も電話を掛けて来ている。留守電に用件を入れてくれれば、話の主旨もすぐに摑めるのに、と思ったが、いつも「……友美です。また、電話します……」としか入っていなかった。慎一も帰宅が遅いので、その時に友美に電話するのも非常識かと思っていて、そのままになってしまっていた。会社から連絡してみようか、とも思ったが、友美も月曜日から土曜日の午前中までは、診察や学会で発表する研究論文の準備や雑務で忙殺されている、と話していたので、今度の日曜日にでも、連絡してみようかと思った。

しかし、そう思っていた矢先、土曜日の午後に友美の方から先に連絡があった。慎一は執拗に電話を掛けてくる友美の心持ちを早く知りたいと思っていた。しかし何のことはない、茉莉が友美に慎一の人となりを聞き出そうと躍起《やっき》になっていて、慎一の住所や電話番号を教えてよ、と何度もせがんできているということだった。友美は茉莉の慎一に対する真剣な恋心を肌《はだ》で感じ取り、茉莉について話しておきたいことがあると言い、明日の日曜日に少し時間が欲しい、ということであった。慎一は友美の話を何となく、茉莉の教育相談のように受け取った。友美は待合わせ場所と時刻を一方的に慎一に伝え、電話を切った。

*

慎一は多忙な友美を気遣って、待ち合わせ場所を友美の自宅の近所の喫茶店にし、わざわざ出向いた。昔から恐しく頭は切れるのに、恐しいほど時間にルーズな友美が、今回に限って、約束の時間にはちゃんと席に着いていた。慎一は友美が十分や二十分は平気で遅刻するものだと考慮に入れて、約束の正午よりも十五分遅れて、店に着いた。しかし、灰皿にある吸殻《すいがら》の本数からすると、友美は正午十分前には席に着いていたか、と慎一は思った。

「やあ、遅くなってごめん。しかし、今日も暑いねえ」と言って慎一は友美に遅刻の詫びを入れ、席に着いた。

友美は慎一の額に吹き出す汗の粒と、濃い水色のポロシャツが汗でまだら模様になっているのを見つめ、「ハンカチ、持ってるの？」と聞いた。

「持ってるよ。でも、この中は本当、涼しいや」と言って、ウェイトレスが持って来た水を一気に飲み干し、アイスコーヒーを注文した。

友美は慎一が席に着くなり、茉莉から電話なり、手紙が来たか、と聞いた。慎一はまだ何の連絡もないよ、と答えたが、少し悲痛な面持ちの友美を不思議に思った。

——友美は離婚という個人的で身勝手な振る舞いが、茉莉に与える悪影響を幼少の頃から心配し、茉莉の「父親の不在」を極度に恐れた。友美自身はどうしても産婦人科医になりたいという、かつての強い希望を捨て去ることができず、茉莉を実際にここまで手塩にかけて育てたのは、友美の母親だと告げた。育てる意欲は十二分にあり、茉莉が生まれた頃からずっと同居はしていたが、時間的制約と肉体的限界のため、茉莉の養育から少しずつ遠ざかってしまった、と話した。

茉莉は別段、「父親の不在」を友美には、執拗に聞いてこないので、あえて話してはいない。しかし慎一も友美の小学生から今までの人生の出来事でほぼ全て知っている一人なので、無闇《むやみ》に茉莉に話さないで欲しいと念を押し、特に優花の「自壊」の原因については、優花の母親と私しか知らないので、絶対に口にしないで欲しいと言った。

慎一は友美の大きな瞳の深奥に娘に対しての真摯《しんし》な想いを見た。しかし、友美は茉莉が慎一に夢中になり、慎一も茉莉を受け入れ、自然と男女の関係へと至ってしまうところまでは、口出しできないと断言した。そもそも、茉莉が慎一を愛《いと》しく想う下地は整っていた——理由なき「父親の不在」の補完。友美は茉莉の瞳に映る慎一の虚像を想像してみた。「年齢《とし》の離れすぎた恋人」なのか、それともあまりにも「若すぎる父親」なのかと……。

慎一は友人の娘と恋愛関係に陥《おちい》るのを完全に否定したが、友美の言うあの十四歳の「優花の生まれ変わり」と会って楽しく話ができることは、喜ばしいことだと思っていた。


友美はふいにメニューを取り出し、「もう、お昼、食べた?」と慎一に聞いた。

「何か、最近、暑くて食欲なくて……」

「私、まだお昼、済ましてないから、何か食べていい?」と慎一に問い掛けると、友美はウェイトレスに、オムライスを一つ、注文した。

友美は想いの全てを話すと、晴れやかな表情になり、オムライスを待つ間、ずっと慎一と茉莉との関係を茶化《ちゃか》した。もし、慎一と茉莉が将来、一緒になったら、慎一は私の義理の息子になる——友美はその奇妙で不自然な関係に微笑んだ。慎一も同様に、他人事のように笑った。

友美は急に何かを思い出したように、ポーチからスケジュール帳を取り出し、愛用の万年筆で何かを書き始めた。友美は、「淡い数Iの恋愛関係式」と銘打って、「x×茉莉=慎一×y」と意味不明な数式を書き記し、スケジュールを慎一の方向に向け、説明を始めた。――「x……父親の不在」、「y……優花の不在」で全てが割り切れると言った。慎一にはまだいまいち、意味が摑めなかった。

友美は話を進め、両辺を「慎一」で割ると、「y＝茉莉／慎一×x」になって、「恋の比例式」に変換できる。分子の茉莉は「父親の不在」を、分母の慎一は、「優花の不在」をと、双方の喪失した感情を逓増《ていぞう》的に補い合うことができる。最終的には慎一と茉莉が一つになって、「茉莉／慎一＝1」となってy＝xになる、と説明した。

大学を卒業して、十年近く経っている慎一の頭脳では間違っても数式による発想は持ち得なかったが、茉莉の出産で一年間、留年し、その後、医学部の大学院で博士課程を修めたその頭脳の中に数え切れないほどの数式を持つ友美の発想に目を引《ひ》かれた。

友美の「恋の比例式」の説明の間に、オムライスが運ばれていて、テーブルの隅に置かれていてほのかに湯気を上げていた。小綺麗な皿の上には、チキンライスを包んだ卵の黄色とケチャップの赤色とが絶妙なコントラストを醸《かも》し出している。友美は「何か、赤も黄色も綺麗な色してるね」と言って、黄色の真ん中に横たわる赤色で、黄色を隈《くま》なく塗り潰すように赤色を拡げた。そして、口に入る程度の大きさに区切り、スプーンの上に乗せ、口に運んだ。満足げな表情をする友美を見ているうち、慎一もオムライスを少し食べたくなってきた。追加でもう一つ、注文するほどもいらなかったので、友美に少しだけ食べさせて、とせがんだ。友美は何のためらいもなく無言で、一口の大きさに区切り、慎一の口まで運んだ。端《はた》から見ば、二人は仲の良い夫婦にしか見えなかった。しかし、当人たちの間に恋愛の感情は全くなかった。

4

友美は少しの間だと思っていたが、意外に時間が過ぎてしまっていて、もう夕方の四時近くになっていた。自宅のインターフォンを鳴らしたが誰の返答もなく、マスターキーで門の鍵《かぎ》を開《あ》け、玄関から、家の中に足を踏み入れた。二階に向けて、もう一度と大声で茉莉の名前を呼んだが、やはり返事がなく、不在でどこかに遊びに行ったのだと思った。友美は茉莉の夕食に困った。夏休みに入った今、茉莉が所属する美術部でよく写生会を催し、クラブ活動がある時は夜の七時を回って帰宅することもしばしばあった。しかし、茉莉は写生会で帰宅が夜の七時や八時になるときは、前もって電話を一本よこすので、とりあえず、友美は両親の分だけを作ることにした。友美自身は年寄り向けでも、茉莉の子供向けの献立でも、どちらでも口にすることができたためである。友美はいつも二種類の献立を考えなければならない。年を取った両親の分と友美や茉莉の分とである。忙しくて面倒な時は、年を取った両親に謝って、脂っこい料理を食べてもらう時もあったが、たいていは二種類を自分で考え作るようにしている。それも資産家の両親のお陰《かげ》で、家屋の一画を産婦人科の病院に改築し、自宅と病院との距離が縮まり、時間的余裕ができたためである。以前、友美は、母校の大学の付属病院に研修医として勤務していて、実家に帰るのも、土、日程度であった。新しく開業した病院は、友美よりも経験ある年配の女医を一人雇い、受付を兼ねた看護師を四人雇った。住宅街の真ん中の、通りに面した恵まれた立地条件にあり、患者の数も次第に増え、信頼を獲得しつつあった。

赤字経営の多い昨今の大病院とは、一線を画していた。

友美は現在、もう一つの夢である「心療内科」の開設を十年後の目標に置いた。優花のような「心の病人・トラウマの人」を未然に防ぐためである。

友美は今、大学の時に少し齧《かじ》った児童心理学や社会心理学などを含めた総合的な心理学と現代社会全般を司《つかさど》る政治学や、ここ最近、顕著に社会構造が変質してきたのに伴《ともな》い、金融論を含めた経済学を独学で習得しようと日夜、励んでいる。今まであまり勉強してこなかった政治学や経済学的視点から、現代社会が人間に与える影響を心理学全般の習得を兼ね、徹底的に分析し、把握しようと考えた。


……友美が夕食の支度をしているところに、茉莉が足音も立てずにやってきた。茉莉は左手をピストルの形にして、母親の背中を人指し指で突き、「両手を上げて、白状しろ」と少し低い声で言った。友美は意味も分からず、何を白状したらいいの、と茉莉に聞き返した。茉莉は少し戸惑い、「慎一さんとの関係をだっ」とまた低い声で答えた。

友美は支度をする手を止め、背後にいる茉莉の方を振り向き、「全然、意味が分かんない」と口にした。すると、茉莉は少し怒った様子で、「何を白々しい。あんなに長い間、二人で楽しくお話して、最後に一つのオムライスを仲よく二人で半分こし合うとは、何事だっ」と一人で興奮している。友美には返す言葉もなかった。

茉莉はおじいちゃんに黒のサングラスと茶色のベレー帽を借りて、こんな真夏の日にわざわざ変装して友美の後《あと》をつけて回り、同じ喫茶店の三つ離れたテーブルから、二人の状況を一部始終見ていた。友美や慎一は茉莉の存在には全くと言っていいほど気づいていなかった。

友美は、茉莉のちょっと変質者的な行動にエレクトラ・コンプレックス（女の子が父親を慕《した》って、無意識のうちに母親を敵外視する心理的傾向）かと思った。あるいは、茉莉は慎一に強烈な恋心を抱いているため、私のことを恋敵《こいがたき》だと変な勘違いをしているのかもしれないと思った。そう悟った友美は、茉莉が慎一に好意を持っているのを、口にしないでも十分に分かっていて、慎一に綺麗な交際をしてもらうようにお願いした、と正直に話した。

図星をさされた茉莉は少し恥しそうな表情をしたが、断固として母親の厚意を心良く受け入れなかった。茉莉は大《だい》の大人が昼間から人前で、オムライスを食べさせ合うこと自体が怪《あや》しいし、どうしても許せなかった。普通の話をするだけなら、そんなことは絶対にあり得ない、と何度も反発した。その上に、余計なおせっかいなんかして欲しくないよ、と金切り声を上げた。

友美は「ママの言うことを聞けないなら、勝手にしろ！」と再び、夕食の支度を始めた。茉莉は友美の背中を見ているだけでも、ひどく気分が悪く家を飛び出し、張本人である慎一の自宅へと向かった。

茉莉は母親譲りの負けん気の強さで、友美に先を越され、完敗したと思って、くやし涙を流した。友美は直感で茉莉は慎一のもとに向かうだろうと判断し、慎一の自宅に電話したが、まだ帰宅していなかった。今日、緊急の場合にと、携帯の電話番号を聞いたばかりだったので、そちらに電話してみると、慎一の声が聞こえた。友美はつい先程の口論を説明し、慎一の自宅にお邪魔するかもしれないが、その際は、約束だけは守ってとお願いし、あとは慎一の判断に任せる、と話した。しかし、友美は茉莉が淫《みだ》らでだらしない男に夢中になるより、慎一に夢中になってくれる方が、何かしら安心できた。

結局、茉莉は慎一のもとには行かなかった。というよりは行けなかった。慎一と二人切りで会うのが恥しくて、どうしても行けなかった。手紙は自分でもこれが完璧、というほどに完成していたが、未だに恥しくて渡せないままでいる。茉莉は「男性」という異性を慎一の黒い瞳の中に生まれて初めて感じた。その黒い瞳の発する熱い視線が茉莉の体の奥深くに染み込むように、熱く感じた。

茉莉は初めて「男性」と感じた慎一に、最初、何を話し掛ければいいのかが分からなかった。自分でも普通に人と接するように話せばいいのと思っているが、なぜか戸惑いを隠せなかった。

茉莉は仕方なく、慎一の元恋人である「亡き王女」の自宅へと向かった。今では初老にさし掛った亡き優花の両親も茉莉を宝物のように扱った。実際には血の繋《つな》がった孫に当たる。

茉莉は母親に対する怒りの捌け口を祖父と祖母にぶつけた。

「この間、私のお誕生日会に慎一さんが来てくれたんだけど、それから、ママと慎一さんの関係が何かどうも怪しいの。私、許せない……」

「茉莉ちゃんは慎一君が好きなのか？」

「うーんうーんそんなことないけど……」と茉莉は頬を赤く染めた。

二人は、茉莉の「慎一」という名前の響きに懐しさと哀しみを覚えた。祖母はあまりにも唐突だったので、涙が出てきそうになり、すぐに二階に駆け上《のぼ》った。祖父はしばらく続いた茉莉の愚《ぐ》痴《ち》の聞き役に回り、茉莉の怒りが少し治まったところで、「おじいちゃんは、茉莉ちゃんの味方だよ。今度、ママをきつく叱ってやる」と言った。

茉莉はなかなか、姿を現わさない祖母のことが気になって、家中を捜した。祖母は、元の優花の部屋に置かれている大きな仏壇の前で正座し、線香を上げ、涙を流しながら手を合わせていた。茉莉は戸口のところで、じっと小さく肩を落とし、哀しみで溢《あふ》れた背中を見つめた。祖母の小さな肩に、そのふくよかな両手を載《の》せ、「おばあちゃん、泣いたら優花さんも悲しむよ」と励ました。祖母は孫の優しい一言に、「そうね。茉莉ちゃんがおばあちゃんのそばにいてくれるもんね」と元気を取り戻した。

茉莉は祖母の肩に両手を載せながら、仏壇に飾られている少し色あせた写真の中に優花の姿を見い出した。今まで茉莉は優花の顔をはっきりと見たことがなく、優花が亡くなった年齢と同じになった、というくらいにしか思っていなかった。優花は双子の片割れである母親の友美と同じような顔だとしか認識がなかったが、今、はっきりと十四歳の優花の面影を見つめ、「あれ？私だ」と感じた。

茉莉はもっとはっきりと見てみたい、と祖母に優花の写真をあるだけ出してと頼んだ。すると、祖母はゆっくりと腰を上げ、少し埃《ほこり》がかったアルバムを押し入れから十冊ほど、引っぱり出して、優花の生まれた直後から、一枚一枚の写真を絵本を朗読するように説明を始めた。茉莉は時々、写真の中に現われる幼い友美の姿にだけは素直に愛らしさを感じた。それから、祖母は幼稚園から小学生、中学生と順に説明していき、中学生になった頃の優花の写真を見つめ、私はやはり、ママよりも優花さんの面影に近いかもしれない、と感じた。茉莉はそう思うと、優花に対して急に親近感を覚えた。

「優花さんは、お人形さんみたいで、本当に可愛い顔しているのを知っていたのかな?」と言った。祖母は茉莉がどういう意味合いで、こんなことを口にしたのかが、分からなかった。茉莉は小学生の高学年の頃に母親から、優花は中学二年生の時に持病の心臓病で学校の校内で急に亡くなったと言い聞かされていたが、今、現在、優花や友美が通った同じ中学校で本当の死因を噂《うわさ》で耳にしているのかもしれないと思ったからである。

「おばあちゃん、私の中学に、今でも、優花さんのお墓があるの、知ってる?」

「ほんとー。おばあちゃん、知らない……」

「知らないのー? 優花さんの倒れた場所がそのまま、お墓になって、その周りがお花畑になってるの。おばあちゃん、ほんとに知らないのー? 優花さんのママなのに……」

「ほんとうに知らないよ。だって、おばあちゃん、中学校に行かないもん」

「それもそうね」と茉莉は納得のいく表情をした。

祖母は娘の友美から、茉莉の教育上、優花の死因については絶対に口にしないでほしいと、きつく警告されていて、茉莉に対して白《しら》を切るのに骨を折った。そして、茉莉が優花の本当の死因をまだ知らないような素振りに救われた想いがし、胸を撫で下ろした。

今、茉莉の通う中学校の校庭に「亡き王女」の墓碑を建てて、花をこよなく愛した「王女」のために花畑を造ったのも実は祖母本人であった。当時の学校の関係者とさんざん交渉し、同じ中学に通う生徒に悲痛な想いをさせないように、という名目を得て、実行に移した。

「おばあちゃん、優花さんのお墓に何て、刻まれてるか、知ってる?」

「知らない……」

「本当に知らないの?」

「本当に知らない」

「……えっーとね。〝優しい花は永遠に枯れない〟って刻まれてるの。綺麗な言葉でしょ」

祖母はその言葉は慎一君からのプロポーズの言葉だと、当時、優花が自慢していたのを、そのまま使ったのよ、というセリフが喉元まで出掛っていた。

「ほんとね……」

茉莉はふと、部屋中を見回した。少し古い教科書やノートが乱雑に積み重なっている学習机があり、小さなガラスのテーブルの上には、コップや爪切りや手鏡が不自然に置かれている。黄ばんだ古い女性雑誌が白い洋服ダンスの前に堆《うずたか》く積み上げられていた。黒く巨大なピアノも「亡き王女」を悲しく想い、死んだように眠っているように見えた。優花がかつて、愛読した世界の童話全集もそのままの状態で本棚に収まっている。茉莉は幼少の頃に一度だけ足の踏み入れたことのある、この優花の城が「世界で唯一、時間の止まっている場所」と感じた。周りの全てには二十年という時間が否応なく流れているが、この部屋だけは、優花が永遠に不在となったその日のままになっていた。押し入れの中を覗《のぞ》いてみると、防虫剤の匂いが強烈に鼻をついたが、衣類は全て、丁寧にハンガーで吊《つ》られて並べられている。赤や黄色やピンク色などのパステルカラーの派手な色が好きな茉莉は、優花の洋服のセンスは質素で可愛いものが多いが、地味ではないな、と思った。元のベッドがあった箇所は、今では仏壇が占めていて、そのちょうど真上には、何かの賞状が二つ、額に収まっていて、こちらを向いている。

祖母は毎日、この部屋の掃除《そうじ》に精を出していて、それが唯一の生きがいになっていた。自分の部屋を掃除したことがなかった優花がまだ健在だった頃からの習慣となっている。茉莉はつい、見過ごしていたが、机の上の写真立てが目に止まり、その中には、中学生の頃の慎一と優花が一緒に写っている。二人ともピースのサインをして、こちらに笑顔を向けていて仲の良い関係が如実に現われていた。茉莉は写真立てを手に取り、少し軽い嫉妬《しっと》を覚えたが、写真に収まっている二人があまりにも輝いているのを微笑ましく思った。

……茉莉はしばらくの間、母親の顔を見たくなかったので、「夏休みの間だけでいいから、この優花さんの部屋で寝泊りしたいな」と祖母にせがんだ。祖母もそう思っていたので何のためらいもなく、可愛い孫のわがままを受け入れた。そして、茉莉の外泊を一言、友美に伝えるためにゆっくりと一階に降り、電話を掛け始めた。電話口で友美は、茉莉の居所が摑めたことに胸を撫で下ろした。茉莉の友達全員の自宅に一通り、電話を掛けてみたが、どうしても居所が摑めず、ひとりでやきもきしていたからである。

祖母は友美に断わる隙《すき》を一切与えず、茉莉の外泊を成功させた。友美は祖母に電話を替わるように伝え、茉莉が電話口に出ると、「バカなわがまま娘は、少し頭を冷やしてから、出直してこい」と少し険のある声で話した。茉莉も負けじと、「もう、ママなんか一生、絶交よ」と口にしたが、その大きな瞳にはくやし涙が浮かんでいた。

「茉莉、おばあちゃんが、優しいからって、あんまりいい気になるなよ。約束は二つ。毎日、六時間みっちり勉強すること。変な男にフラフラ追いていかないこと。この二つだ。いいな。分かったな」と厳しく言った。

「もう、分かり切ったことをバカみたいに何回も言うな」と言って、茉莉は受話器に怒りを込めて、電話を切った。

茉莉は少し癒《い》えた気分をまた害した。せっかく、祖母の優しさに触れ、優花さんと少し仲よくなれた気がしたのに、と思った。茉莉は心の雑記帳に、世界で一番会いたくない人のうちの一人に、母親の友美の名を明確に書き記した。

5

……「本当に優花が舞い戻ってきたようだ」と祖父は久方振りの茉莉の姿に感慨《かんがい》深げに言った。茉莉は、「優花さんと茉莉のどこが、一番、似てる?」と祖父に聞き、祖母にも話を持ち掛けた。すると祖父は、「今の茉莉ちゃんは、昔の優花そのものだ」と答えた。祖母は、「もし、今ここに十四歳の優花がいて、茉莉ちゃんの横に座っていると、見分けがつかないわ。同じ服を着ていたら、優花と茉莉ちゃんは合わせ鏡そのものよ」と言った。

茉莉はもっと優花のことが知りたくて、もう一度、優花の部屋に向かい、仏壇に飾られている写真をじっと見つめて、「優花さん、あなたは本当に王女みたいに綺麗ね。私も優花さんみたいに〝王女〟って呼ばれてみたいな」と話し掛けた。祖母は仏壇を中腰になって覗く茉莉の背後から、そっと話し掛けると、茉莉は「びっくりしたー」と言って振り向いた。

「今日の夜ごはんは年寄りが食べるものだから、茉莉ちゃんの口に合わないかもしれないよ」

「いいよ、何でも食べるから」と言って、茉莉は祖母に美しい嘘をついた。

茉莉はその夜、優花の部屋に一人で眠った。いつもと違う枕にどことなく寝付きが悪く、扇風機の音の小刻みなリズムが変に耳についた。茉莉はふと、〝王女〟という響きに意味もなく、自分と同じ名前のあのフランス革命の悲劇の王妃・マリー・アントワネットのことを思い浮かべ、何となく王妃の寝室で眠っているような優雅な気持ちになった。しかし、仏壇のある部屋で一夜を過ごすのは、少し気味悪い感じもした。

茉莉は真夏の蒸し暑さと相俟《あいま》って、なかなか寝つけなかったので、一度、部屋の明かりをつけ、仏壇の前に正座し、ろうそくに火をつけ、また部屋の明かりを消した。ぼんやりとろうそくの火で浮かび出た優花の面影はルネサンス期の美しい叙情的な絵画のように見えた。

「優花さん。私、あなたと友達になりたい……。あなたに会いたい……」と写真の中で美しく笑顔を見せる優花に微笑んだ。茉莉は時空を超えて、十四歳同士の二人がより仲よくなれたような気がした。茉莉は優花を見つめたまま、双子の片割れの母親と比べてみた。一人は〃王女〃なのに、もう一人はただ、ガミガミうるさいガリ勉女。同じ双子でもこんなにも違うものか、とつくづく実感した。でも、ママも十四歳の時はお姫様みたいに可愛《かわ》いかったのにな、と今のガリ勉女を残念に思った。

……茉莉は写真の中の優花に、「あなたは私なの?」と問い掛けた。優花さんを知っている誰もが、私とあなたはよく似ている、と言う。茉莉は心の中で、「そうよ。私はあなた。永遠に私はあなたよ」という優花の声を聞いたような気がした。

「ねえ、優花さん。私ね、優花さんみたいに〃王女〃って呼ばれたいな……。でもちょっと気の毒だけど、優花さんみたいには、なりたくないなあ。だって、仲良しの百合と遊びに行くこともできなくなるし、大好きな油絵も描《か》けなくなってしまうなんて、私、そんなのイヤ」と心の中で優花に反発した。

茉莉は夜が明けるまで、優花をずっと見つめ、心の対話を続けたかったが、急に睡魔に襲われ、体中を眠気に縛られるような感じになった。結局、茉莉はろうそくの火を消し忘れ、優花の遺影に、「おやすみ」と言い忘れ、仏壇のぶ厚い紫色の座布団を枕替りにして、仏壇を抱えるような恰好で眠ってしまっていた。


次の朝、祖母は優花の部屋に足を踏み入れ、茉莉の寝姿を見て、ひどく寝相の悪い子だな、と思った。しかし、布団は敷かれたままになっているので、ずっと仏壇の優花を見つめ、そのまま眠ってしまったのだと分かった。祖母は寝相の悪い茉莉を見つめているうちに、ふと優花の寝姿を思い出した。「何もかも同じだ」と、即座に思った。ただ、一つちがうところがあるとすれば、親に対して口答えするか、しないかの違いだけだった。

茉莉は祖母の気配に目を覚まし、寝惚《ねぼ》け顔のまま、「おばあちゃん、茉莉はずっとここにいたい。おばあちゃんや優花さんと一緒に住みたい」と言って、また横になった。「おばあちゃんも茉莉ちゃんのこと、大好きだし、ずっと一緒にいたいね」と口にした。「家もそんなに遠く離れてないし、学校にも少し近くなるからね」と祖母は言ったが、友美は猛烈に反発するだろうな、と思った。

「いつもガミガミうるさいママなんか、大嫌いだし、ママもいつも反抗ばっかりしている茉莉のことなんか嫌いだから、大丈夫だよ」と言って、微笑んだ。

祖母はふと、茉莉と友美が些細なことで、口げんかをしているのを思い出した。でも本音を言えば、十四歳で「永遠の不在」となった優花の寸分変わらぬ補完として、住いを共にし、普通の女の子が、十五歳、十六歳となって、二十歳《はたち》を過ぎていく自然な流れを感じてみたかった……。

茉莉は、布団の横に丁寧に折り畳《たた》まれているお気に入りのホワイトジーンズとオレンジ色のノースリーブがなぜ、ここにあるのか、不思議に思ったので、茉莉の布団を押し入れに片付けている祖母に向かって問い掛けてみた。祖母は「病院の始まる前にママのところに行って、二、三の衣類を取りに行って来たのよ」と言った。今はもう既に十時を回っていた。

「ママ、怒ってた?」

「いや、別に……」

茉莉は心の中で母親に昨日、あんな口答えしたことを反省し、一日会っていないだけでも、何となくさみしい気持ちになった。しかし、まだママの顔は見たくないな、とも思った。

「一階のリビングにトーストとコーヒーの用意ができているよ」と祖母が言ったので、茉莉は祖母に借りた黄色のパジャマを脱ぎ、ホワイトジーンズとオレンジ色のシャツに着換えた。いつもより遅い朝食を一人、摂りながら、「ここ最近、母親の友美が口うるさくて、鬱陶《うっとう》しくなっているの」と祖母に話した。「口を開けば、勉強しろだの、変な男に追いて行くなだのと、いつもいつも同じことばっかり……」

「ママも茉莉ちゃんのことが心配なんじゃないの」

「そんなこと、絶対ないよ。本当にうるさいだけだよ。それに、勝手に私の人生まで決めていて、必ず医学の道に進みなさい、と言い切ってるし……」

友美は医学と哲学は古代ギリシャの時代から存在する人類最古の学問で、最大の人類貢献だと、いつも口癖のように茉莉に話していた。しかし、茉莉は医学の世界にも哲学の世界にも全く興味がなく、将来は絶対に「色彩と造形の職業」――ファッションデザイナーとなって、「マリ・ブランド」を世界中に広めたいという大きな夢をその小さな胸に抱《いだ》いていた。しかし、デザイナーになりたい、と母親に告げれば、「あんたみたいな勉強しない子がなれる訳ないよ」と馬鹿にされるか、烈火の如くに怒り狂う姿が目に浮かぶので、母親には内緒のままにしていた。

茉莉は友美とは、しっかりと血の繋がった母娘《おやこ》で性格は二人とも似ているが、趣味・嗜好の観点から見ると、住む世界が全く違うのだと、祖母に話した。

もともと、茉莉は小学生の頃から、絵を描くことが好きだった。静物画や風景画、友美をモデルにした絵を何点も描いていた。好きこそ物の上手なれ、でどの作品も、様々な賞を獲得していた。賞を獲得すれば、おのずと自信がつき、また上質な作品が生まれる、という好循環へと繋《つな》がっていた。やがて、その強固な自信が、「色彩と造形」の世界で、自分自身を表現したいという夢を紡《つむ》ぎ出した。しかし、いざ、絵筆をペンに置き換え、勉強のこととなると、全く興味を示さず、成績も学年でも下の方だった。

「教育の鬼」の母親は今まで、学校の成績については茉莉にあまりうるさく言ってきたつもりはないと思っていたが、中学二年生の夏休みともなれば、そろそろ本腰を入れて勉強させないとまずいな、と少し苛《いら》立ちを隠せない様子でいた……。

6

……慎一は、友美から、茉莉がそちらの方に向かうかもしれないという連絡をもらったきり、それから何の音沙汰もなく、実際に茉莉も現れなかったので、母娘《おやこ》の諍《いさか》いも全て、解決したものと思い込んでいた。面倒なことに巻き込まれたくなかったので、慎一の方からは連絡しなかった。優花の生まれ変わりそのものの茉莉に一度だが、会うこともできたし、優花と想い出の再現、言わば、「砂金の復活」を味わえたことも感慨深いことだった。

慎一は優花を見つめるように、ただ意味もなく、茉莉を見つめていたかった。慎一は茉莉の姿に、はっきりと優花の面影を見い出した。茉莉自身に対しての恋愛感情は、まだ子供だということもあって、あまり湧《わ》いてこなかったが、ただずっと見つめていたかった。それよりも慎一はこの二十年間、苦しみ抜いた優花の「自壊」の原因を友美から明確に聞き、本当に最後に優花が慎一に伝えたかった想いをその手紙の中に見い出して、複雑な気持ちになっていた。あの二十年前から強烈に感じてた、今、自分がこうして普通に生きていることの不自然さが再び蘇《よみがえ》ってきた。以前の慎一ならその度に愚かな思想だ、と自分自身をあざ笑っていたが、今回ばかりはさすがにあざ笑う余裕もなくなってきた。今すぐ、優花に会いに行くことが、生きることではないか、と思った。

＊

……茉莉は、「おばあちゃんと二人で、慎一さんとこに行きたいな」とつぶやいた。一人で行くのはやっぱり恥しいし、今のところ、茉莉にとって慎一との接点は母親の友美か祖母しかなかった。

「でも、おばあちゃんも慎一さんと会ってみたいけど、二十年も会ってないよ。それでも、大丈夫かな?」と祖母が口にすると、茉莉はそれもちょっと、不自然だな、と思った。ふと、茉莉はお誕生日会に来てくれた「六人組」の一人の百合を呼び出そうか、と思った。慎一が百合の方を気に入ってしまったら嫌なので、それもダメか、と感じた。結局、消去法で友美の名前が浮かび上がってきたが、今のところ、ガリ勉女とは口を利きたいとは思わなかった。

「……でも本当に慎一さんに一度、会ってどうしてもお詫びがしたいわ」と祖母は少し悲しそうな表情をした。

茉莉は何のお詫びなのかを理解できなかったが、深く聞き出してはいけないことだと感じた。幸い茉莉は、友美から慎一の住所と電話番号を聞き出すことに成功していたので、この際、思い切って自分で電話するしかないと思った。別にいきなり、「愛の告白」をする訳でもなく、一度は会ったこともあるし、不自然とは思われないと考えた。全ては慎一の帰宅する真夜中を待つしかなかった。

茉莉は昨日、家出するようにして家を飛び出したので、命の次に大事な油絵のセットや化粧道具や洋服や下着も全て、自宅に置いたままになっているのに気づいた。朝、祖母が自宅に行って、少しだけ洋服を持って帰ってくれたのなら、油絵のセットも持ってきて欲しかったな、と思った。今、間違っても、絶対に自宅には帰りたくなかった。天敵の母親と目を合わしてしまう危険性を感じたからである。今、天敵と遭遇すれば、性質の異なる二つの稲妻が激しく火花を散らし、世界をいとも簡単に火の海にしてしまうかもしれない……。仕方なく、祖母に言づけをお願いするしか、手がなかった。訳を話すと、祖母は快く承諾してくれて、すぐに茉莉の自宅へと向かった。一時間もすれば、祖母は帰ってくるだろうと踏んでいたが、何時間経っても戻ってこなかった。祖父は茉莉が朝、目覚めた時にはもう既にどこかに外出していたので、家に一人、残されたままになった。

手持ち無沙汰の状態で、ふと、最愛のエルヴィスの「ラヴ・ミー・テンダー」や「アイ・ガット・スタング」を聞きたいな、と思ったが、気がつけば、CDもCDプレーヤーもなかった。仕様がなしにテレビをつけ、チャンネルを一つ一つ、換えていったが、特別、見たいと思う番組も放映していなかった。また、何となく優花の部屋に向かった。この部屋は相変らず、「世界で唯一、時間の止まった場所」であり、茉莉が昨日、訪れた時と寸分変わりなかった。

茉莉は机の上やガラスのテーブルには触れられないと思い、机の引き出しを開けてみた。一段目は筆記用具が当時のまま、散乱している。二段目はテストの解答用紙や何かのプリントが色褪《いろあ》せ、地層のように積み重なっている。触れると、今にも崩れ落ちてしまいそうだった。三段目は、古い当時の教科書類が並べられていて、その奥に何か大きな箱があった。その箱だけを取り出すと、教科書が倒れてしまうため、引き出しを目一杯、手前に引いて、箱のふたを開けてみた。すると、今にも溢《あふ》れ出てきそうな色褪せた手紙が顔を覗《のぞ》かせた。それらの手紙の封筒だけを見ると、慎一からの手紙があり、優花の書いた慎一や友美や親友への送られていない手紙も何点か見受けられた。数多くの手紙の一つに優花が何かを書き間違えて、丸められたままの薄く黄ばんだみかんのような手紙があった。その手紙は優花が丸めて以来、一度も開かれた様子がないような感じがした。茉莉は優花の書き損じた手紙まで残していることに、祖母の優花への想いが尋常でないことが推《お》し量《はか》られた。

茉莉は優花が何を書き間違えたのかを知りたくて仕様がなかった。どうしても手紙を開いてみたかった。箱の中を見ないでいたら、もし、この手紙の存在を知らないでそのままでいたら、こんなにも複雑な衝動は起きなかったのかもしれない。この丸められたままの手紙を開くことは、中世ヨーロッパの古いお城の「開かずの間」に足を踏み入れることよりも、いけないことだとは思うが、一度、見てしまったものは取り返しがつかなかった。

茉莉は誰もいない隙《すき》にその場の勢いで、丁寧にみかんの皮をむくように、丸められた手紙を少しずつ広げてみた。おそらく、二十年振りに陽の目を見た瑞々《みずみず》しい、みかんの果実のような優花の文字が躍《おど》り出すように茉莉の大きな瞳に映った。しかし、一階で祖母が帰宅した物音がして、二階に上がってくる階段の音がしたため、極度に焦《あせ》り慌《あわ》てて、皮をむいたみかんをまた、元に戻すように力まかせに手紙を丸め、そっと箱の中に仕舞い、引き出しをゆっくりと閉めた。結局、茉莉は優花の瑞々しい文字しか目にすることができず、みかんの果肉を口にすることができなかった。

優花の部屋に現われた祖母は、洋服や下着の入った変な水色のリュックサックを背負い、右手には命の次に大事な油絵のセットを、左手には頼んでもないのに、茉莉の全科目の教科書や買った記憶のない参考書の詰った学校の鞄をぶらさげている。もし、祖母が灰色の作業服を着ていると、美貌のトイレ清掃員にしか見えなかった。

祖母は優花の部屋で一人、何をしていたのともひとことも聞かず、怪しむ素振りも一切見せないので、茉莉は救われた気持ちになった。祖母は油絵セットと学校の鞄をゆっくりと優花の机の前に置いた。謎のリュックサックも背中から降《お》ろした。

リュックサックの中を探り、中身を取り出してみると、ジーンズが二着と柄物のシャツが五枚しか入っていなかった。下着が一枚も入っていないのに気づき、祖母にその訳を聞くと、「優花のを使いなさい」と言った。「えっ、優花さんの下着がまだ、残ってるの?」と聞き返すと、「今、茉莉ちゃんが着《つ》けているのもそうよ」と言った。実際に優花が身に着けていた下着そのものではなく、同じサイズのものを祖母が購入し、ずっとそのままにしていた。

「茉莉ちゃんは背恰好《せかっこう》も優花と同じくらいだから、ぴったりでしょ?」と微笑んだ。

衣類を折り畳み、積み上げている祖母がぽつり、「優花がいつ舞い戻ってきても、大丈夫なように、買い揃えてあるのよ」と言った後ろ姿を哀しく思った。しかし、祖母は少し涙を浮かべ、「ほら、やっぱり、舞い戻ってきたでしょ」と茉莉を見つめ、優しく微笑んだ。

……茉莉は積み上げられた衣類の数を目で数え、ここで一生、生活するつもりなのに、これだけの衣類だけでは全然、足らないな、と感じた。

入浴後、優花の下着を試してみた。ショーツは昨日、知らずに穿《は》いていて、ぴったりだったが、ブラのサイズは今日初めて着けてみると、優花の方が一つ大きかった。茉莉は哀しい敗北を喫した。照れくさそうにブラのサイズのことを祖母に話すと、服と一緒にブラも明日にでも、買いに行こうか、と浮き浮きした表情で言った。

……今日の夕食は二人分しかないので、茉莉は祖父が旅行にでも出掛けたのかな、と思った。「おじいちゃんは一週間、旧友たちと伊豆へ旅行に出掛けたのよ」と祖母は言った。祖父は今年の三月に定年退職を迎え、余生を謳歌していた。祖母は少し口を尖《とが》らせて、「いつも旅行ばっかり行ってるのよ」と愚痴をこぼした。

祖母は夕食を済ませた後、何も言わずに二階に上がった。優花の不在になった当時そのままだった部屋――「世界で唯一、時間が止まっている場所」がおよそ二十年振りに時間を取り戻そうとしていた。祖母は乱雑な机の上にある教科書やノート類、鉛筆や下敷き、それから、小さなガラスのテーブルの上にある爪切りや手鏡や古い雑誌などを二つのダンボール箱にそっと仕舞い、勉強しやすいように、自宅から持ち出してきた茉莉の教科書やノート、それに見たことのない数冊の参考書や夏休みの宿題一式や筆箱までが丁寧に机の上に並べられた。祖母は作業を終えて、少し蒸し暑く感じた。この部屋はもう誰も使っていないので、クーラーがなかった。茉莉ちゃん、扇風機だけだと、ちょっと蒸し暑いかな？　とふと感じた。

茉莉は、最近流行の女性雑誌を寝《ね》そべりながら、目を通していると、急に睡魔に襲われた。慎一に電話しようと考えた時刻までは、あと二時間近くもあった。睡魔が波打つ曲線のように周期的に茉莉のもとに訪れ、慎一に一言《ひとこと》、電話で話をするために渾身《こんしん》の力を振りしぼり、睡魔と戦った。雑誌を読んでいると睡魔曲線が最高潮に達してしまうため、なるべくグラビアだけを眺めた。しかし、軍配は終《つい》に睡魔に上がった。慎一への熱い想いも睡魔には完敗した。茉莉は雑誌を開いたまま、顔の上に乗せ、腕組みをしていると、そのまま知らないうちに眠ってしまっていた……。

7

茉莉は次の朝、優花の部屋で目覚め、ふと周りを見回し、今、ここにいることが不思議でならなかった。慎一に電話を掛け、デートの約束をしたい、と思いつつ眠ってしまったのは記憶にあったが、優花の部屋までに辿《たど》り着いた過程が全然、記憶の中になかった。祖母に起こされ、寝惚けながら二階に上がったのなら、少しは覚えていそうな気もするが、自分でも不思議なくらいに覚えていなかった。それよりも、茉莉は優花の部屋が一変していることに驚きを隠せなかった。机の上は茉莉の勉強道具に移し変えられており、ガラスのテーブルの上には油絵セット一式が置かれている。優花が当時、好きで張っていたオードリー・ヘップバーンが「ローマの休日」でアン王女に扮してにっこりと微笑むポスターも、最愛のエルヴィスがマイクを握りしめるセクシーな姿に取り変わっていた。

――祖母はここ二十年来、優花の不在となったままの部屋を鉛筆や爪切りの位置をも、全く変えることなく、掃除し整理し続けてきた。茉莉は何となく、祖母の夢を壊《こわ》すようで、少し気の毒な気がした。天敵の母親と口げんかをして家を飛び出したが、結局、祖母のもとにしか行くところがなく、祖母に迷惑を掛けてしまう形となった。あまり、長居をすることは良くない、とは思っているが、今のところ、母親とは絶対に目を合わしたくなかった。

永遠に祖母のもとにいたい……。もし、許されるなら、祖母の子となって、周りが口を揃《そろ》えて言うように、「優花の生まれ変わり」になりすまして、ここで永遠にいたかった。

茉莉は洗面所で顔を洗い、歯磨きをし、優花の遺影に、「おはよう」と声掛けした。それから、「優花さん、茉莉がここに来たばっかりに優花さんの宝物が押し入れのダンボールの中に入る羽目になって、ごめんね」と謝った。一方、祖母は別に気にしている様子でもなく、「優花の部屋も茉莉ちゃんが来てくれて、部屋全体に花が咲いたように蘇ったわ」と言って微笑み、「優花の部屋に昔のような時間を取り戻せるのは、茉莉ちゃんしかいないわ」と逆に感謝された。茉莉も祖母が満面に笑みを湛えているので、それだけで安心した。

「そんなこと気にするより、今から茉莉ちゃんの洋服や下着を買いに、デパートにでも出掛けようか」と茉莉を誘った。祖母は優花をよくデパートに誘って、化粧品やら洋服を自分の趣味で買い与えたという昔をふと、懐《なつ》かしく思った。

茉莉はサイズが一つ大きい優花のブラを身に着け、虹色の模様が縦に走っている柄のキャミソールに、お気に入りの黄色のジーンズ姿になった。母親の友美からプレゼントされた高価なネックレスが胸元に輝きを添えた。祖母は品のある紺色のブラウスに着換えた。二人は時計とにらめっこし、バスの時間を気にして、足早に家を出た。

祖母は久方振りのデパートでの買い物に、嬉しさを隠せない表情でいる。茉莉は祖母の喜びを湛えた笑顔が何よりも換え難いもののように感じた。祖母はこの二十年来、どういう表情をして過ごしてきたのか。ふと茉莉は思った。若くして、最愛の娘を亡《な》くし、いつかは戻ってきてくれると、部屋もそのままの状態にし、下着まで取り揃えている。おそらく、今、祖母の目に映っている茉莉の姿は、孫としての茉莉ではなく、「優花さんと私が入《い》り交《まじ》ったようなものにちがいない」と感じた。実際、祖母のところに寝泊りするようになってまだ三日しか経っていないのに、茉莉に対する口調が少しずつ、孫に接しているような雰囲気ではなくなりつつあった。茉莉は祖母が優花に接していた時の様子が頭に浮かんだ。しかし、よく考えてみると、友美が茉莉に接している時とよく似てるな、と感じた。
「おばあちゃんが喜んでくれるなら、私、いつでも優花さんの〝生まれ変わり〟になるよ」と言った。
祖母はバスに揺られながら、ゆっくりと首を横に振って、「優花になったら、だめよ。もう哀しいお別れを繰り返すのは嫌だから……」と言って、急に潮が引くように表情から笑みが消えた。

やがて、バスが駅前に到着した。平日のデパートも夏休みの家族連れで賑《にぎ》わいを見せていた。再び、祖母は、「今日も暑いわねえ」と言って、潮が満ちてくるように、満面に笑みを浮かべた。茉莉と祖母はまず、下着売場に足を向けた。茉莉はこの際だ、と思って、少し派手めのオレンジ色にピンク色、水色など、水着のような下着を合計五枚、購入した。そのあとに、薄い黄緑色と白のジーンズなど三本、お気に入りのものを購入した。茉莉は下着の購入と同時に新しいブラに着換えたので、優花の一つサイズの大きいブラを着けている時の変な風通しの良さもようやく解消された。

祖母は友美からデパートの九階にある最近、新装開店したばかりのイタリア料理の店の割引券をもらっていたのを、思い出した。時刻は知らないうちに、お昼時を少し過ぎていたため、画材道具の店に行きたがる茉莉をイタリア料理の店に誘うと、茉莉は飛び上がるようにして喜び、

「パスタ大好きー！」と言って走るようにエレベーターへと向かった。

……イタリア料理の店は人だかりがして、列ができていた。少し待たされることになるかな、と思ったが、意外に早く席が空き、順番が回ってきた。若い女性の店員が窓側に面したテーブルに二人を招き、メニューを祖母と茉莉の各々《おのおの》に手渡した。メニューの形はイタリアの国を象《かたど》った長靴のような形をしている。茉莉はカルボナーラかナポリタンを食べてみたいと思ったが、結局、和風の明太子スパゲティーに決めた。祖母はノーマルなピザを一つ注文した。

祖母は注文を待っている間、席の向いに座り、煙草を平気で吸っている未成年の女の子とふいに目が合った。そもそも、祖母もその昔は、ヘビースモーカーを極めていたが、優花の不在以来、完全に煙草を止めた。当時の優花は母親の健康を気遣って、「お母さん、たばこは体に良くないよ。早く止めなよー」といつも口癖のように話していたからである。祖母はそれ以来、頑《かたく》なに優花の忠告を守った。

簡素なテーブルに二つの大きな皿が彩りを添えた。一つは明太子スパゲティーであり、もう一つは星の形をしたピザであった。茉莉の一番の大好物はスパゲティーで、とりわけ、明太子スパゲティーには目がなく、「……次はカルボナーラかな。その次はナポリタンで……」と独り言《ひとごと》を口にした。

茉莉は明太子スパゲティーを簡単に平《たい》らげてしまったが、祖母は三分の一ほどピザを残している。祖母が残りのピザを茉莉に勧めると、ピザもあっさりと平らげてしまった。茉莉は、次はカルボナーラを注文しようかな、と思ったが、栄養が全て、足につく体質なので、厳《きび》しく自己を制した。

祖母は空いた食器を片づけに来た若い女性の店員に、食後のレモンティーを注文した。

「……おばあちゃんと一緒に、慎一さんとこに遊びに行きたいんだけど……」と言って茉莉は頬《ほお》を少し赤く染めた。

祖母も自分の息子のように思っていた慎一と二十年ぶりに、会ってみたい気がした。

——祖母が慎一に対して一番、印象深く心に刻まれている想い出は、優花の視力がゆっくりと下降線を辿《たど》り、コンタクトレンズや眼鏡が必要なほど極度に悪化した時のことであった。慎一の自宅にあるテレビゲームのやり過ぎが優花の視力悪化の原因と分かり、今の祖父が烈火《れっか》の如《ごと》くに怒って、慎一の両親に抗議に行ったあと、すぐに慎一が一人で優花の両親のもとに現れ、「ぼくは、まだ中学生ですけど、優花さんはぼくが一生、守ります。絶対に約束します」ときっぱり、大きな声で訴えた——。祖母はその当時の慎一の目の輝きと言葉の響きは一生、忘れられないと思い出話を茉莉に語った。

茉莉は、「私の周りの男の子で、そんなこと、言えるほど茉莉のこと、想ってくれる人、いなーい」と祖母に漏《も》らすと、「そういう人は、いつか必ず、突然、現れるよ」と言った。

祖母は今、現在の慎一の姿を想像してみた。今年で三十四歳になり、男の人生のうちで一番、脂《あぶら》の乗った時期である。もう既に結婚もしていて、一家の主《あるじ》となって、子供さんも一人か二人、いるのだろう、と思った。

「……やっぱり、おばあちゃんがいきなり、慎一さんに電話するのって、ちょっと変だね」

「そうよ。変だよ」

「そうかあ」と言って茉莉は腕組みをし、誰が電話をするのが一番、自然な感じかな、と渾身の知恵を振り絞った。

……しばらく考え抜いた末に茉莉は、「あっ、そうだ。リリーにでも相談してみようかな」と思った。「リリー」とは学校の仲良しグループ「六人組」の一人で、茉莉の誕生日会の時に、自作の絵本をプレゼントした女の子であった。茉莉と同じ美術部に所属し、やはり絵を描くことが何よりも好き、という茉莉の一番の親友だった。彼女は「百合」という名前で、クラスのみんなから、「リリー」（Ｌｉｌｙ）というあだ名で呼ばれていた。茉莉と名前が一字違いで、ともに「花」に共通しているうえに、部活が同じだったので、知らず知らずのうちに大の親友になっていた。

女の子は生まれながらにして、自分の名前を意識して育つもので、「リリー」はどことなく、百合の花が静かに咲き誇るような雰囲気を、その容貌《ようぼう》に兼ね備えていた。

「……やっぱり、リリーしかいない。私のお誕生日会で慎一さんとも会ってるし……。でも、茉莉よりリリーの方が可愛いからなあ。ちょっと心配だけど……でも、リリーは今、好きな男の子がいるから大丈夫か」と茉莉は心の中でそうつぶやき、一人、満足そうに、にやにやした。

……〝眠り姫〟の茉莉は夜更《よふ》かしできない質《たち》で、真夜中まで慎一の帰宅を待ち受け、電話することは無理なので、替わりにリリーにお願いしよう、と心に決めた。

*

……その後、茉莉は、柄の入ったシャツも何点か購入した。一つは奇妙な樹々が生《お》い茂《しげ》る熱帯のジャングルの風景を一部分だけ切り取って克明にプリントしたものと、深海の珊瑚礁《さんごしょう》そのものをプリントしたもの、あとは、背中の部分で闇夜《やみよ》の月が魅惑的に微笑む柄のものであった。どのシャツも、茉莉の「芸術的センス」を垣間《かいま》見ることのできる物ばかりであった。その後、祖母と茉莉の二人は、画材道具の店に立ち寄ったり、書店で立ち読みをしていたら、夕方近くになってしまっていた。祖母は、これから帰宅して夕食の支度をするのが面倒だったので、寿司か何かを配達してもらおうか、と思った。

……やがて自宅に着くと、茉莉はすぐに祖母に買ってもらったジャングル柄のシャツと、水色のジーンズに穿《は》き換えるとふと、ママにも自慢したいな、と思った。すると茉莉は、ここ数日、意識になかった友美の横顔が頭に浮かび、なぜか急に、堪らないくらいに友美に会いたくなってきた。

その夜、茉莉はあんなにも嫌っていた友美に会えない淋しさで、枕をうっすらと濡らした。淋しくて、どうしようもないくらいに眠りに就《つ》けなかった。そこで茉莉は再び、黄色いパジャマをジャングルのシャツと、水色のジーンズに換え、「忘れ物を思いついたから、お家《うち》に取りに帰ってくる……」と祖母に嘘をついた。

祖母はこんな、夜遅くにどうして？　と不思議に思ったが、「気をつけなさいよ」と言って玄関口まで見送った。玄関を飛び出すと、茉莉は闇に吸い込まれるように、自宅まで全速力で走った。少しでも早く、友美に会いたかったからである。茉莉は息を切らし、ただでさえ、蒸し暑い夜であるため、全身から滝のような汗を流し、自宅の前に立った。檻《おり》のように聳《そび》え立つ黒い門構えや照明のついた産婦人科の看板を見つめているだけで、自然と涙が流れ、見慣れた自宅を一目、見ただけでも心の中で何かが満たされた。

しかし、茉莉にはまだ、呼び鈴を鳴らす勇気はなかった……。

第九章　リリーの計画

1

それから、しばらくの数日間、茉莉と祖母は同い年の親友がそうするように、楽しい時間を過ごした。祖母は元々、気が若いために茉莉の話す話題にも十分、ついていけた。ともに映画に行ったり、おいしいと評判のパフェの店にも、所構《ところかま》わず足を向けた。

……ある真夏の昼下がりに、電話が激しく鳴り響いた。お昼寝中だった茉莉は、祖母が裏庭で水を蒔《ま》いていたので、電話に出ようと飛び起きた。天敵の友美からでないことを心から祈ったが、案の定、友美の声が受話器から聞こえた。

「おう、茉莉ちゃんか、久しぶりじゃない。元気にしてる?」

「……」

「毎日、お家《うち》に帰りたーいって、涙、流してんじゃないの……?」

「そんなことないよ」

「ところで、あんた、明日、学校の登校日よ。知ってた？　忘れてたでしょう」

「えっ、明日？　忘れてた。明日って、何日だっけ？」

「七日だよ。あんた、ひょっとして遊び過ぎで、曜日の感覚、なくなったんじゃないの？」

「そんなことないよ」

「とにかく、ちゃんと明日は登校するようにね。制服は、クリーニング出しておいたから。茉莉、あんたが取りに来なさい。ママは忙しいし、おばあちゃんに来てもらうのも気の毒だから、あんたが来なさい。分かった？」

「はい」

「えらく、素直になったじゃない」

「そうかな？　じゃあ、取りに行くよ」と茉莉は素直に答えた。茉莉は母親の声を聞いただけで、何となく安心した。やはり、ママには適《かな》わないな、と少しだけ感じた。

それから、茉莉は明日の登校のことを祖母に話し、制服を取りに帰るために、一時的に帰宅することを話すと、祖母はどことなく淋しそうな表情をした。「おばあちゃん、そんな淋しそうな顔しないでよ。すぐに戻ってくるから」と言って、茉莉は約二週間ぶりに我が家に戻った。戸外は毎日毎日飽《あ》きもせず痛いくらいの真夏の陽が照り続けていて、自宅までゆっくりと歩いただけでも額に汗がにじんだ。茉莉は自宅の門と産婦人科の看板を目にすると、門をこじ開《あ》けて家の中まで入っていくのが面倒だったので、そのまま病院の中に向い、待合室の固いこげ茶色のソファに腰掛け、心地良い涼しい風を感じた。と同時に、こんな若い子が妊娠なんかして、という待合室で順番を待つ妊婦の冷たい視線も感じた。しかし、受付の若い看護師さんが、「あれ、茉莉ちゃん、どうしたの？」と声を掛けると、その冷たい視線は不思議なものを見つめる視線へと変わり、また、それぞれの手元にある女性雑誌へと向けられた。茉莉は「冷たい視線」なんかにはお構いなしで、妊婦と同様に女性雑誌を眺めた。

茉莉はふと、周りの妊婦の姿を眺め、〝へんな体形〟と思った。そして、その数人の妊婦の中に見覚えのある顔を見出した。確か、茉莉よりも三つか四つ年上の近所の女の子だった。幼少の頃、何回か一緒に遊んだ記憶があったので、声を掛けてみようかな、と思ったが、向こうが何となく、茉莉を避けているような感じがしたので、知らんぷりをしていた。茉莉は、女性雑誌をソファに置いたまま立ち上がり、ゆっくりと忍び足で診察室のドアを開け、中の様子を覗いてみると、白衣に身を包んだ友美の姿が、その大きな瞳に映った。友美はベッドに横たわる妊婦の突き出たお腹に黒いハンドマイクのようなものを当てて、モニター画面を指差し、真剣な眼差《まなざ》しで妊婦に何かを説明している。茉莉はただ、〝かっこいい〟と思い、世界中の誰よりも母親が好きだと思った。「やあ、友美。しばらくだな。元気だったか？」という慰《なぐさ》めの声を掛けたかったが、まだ何となく、気恥しくて照れくさい感じがしたので、そっと診察室のドアを閉めた。

……午前中の診察を終え、昼の中《なか》休みで自宅に戻ってきた友美は、リビングの大きなソファの中で眠っている茉莉を見つめ、ふとフレデリック・レイトンの絵画「燃え上がる六月」に描かれた女性を思い起こした。友美は茉莉が次第に絵画の世界に没頭していく中で、二人でよく美術館巡《めぐ》りをしたり、世界美術全集を購入するうちに、今まであまり関心の持てなかった「絵画の世界」が少しずつ、いいものだな、と思い始めた。

友美は白衣のまましばらく立ち尽し、「こらっ！」と大声を上げると、茉莉は飛び上がるほどに目を覚まし、「びっくりしたなあ。もう」と口を尖らせ、眠そうな目を擦った。「制服、二階のベッドの上に置いてあるよ」と言って友美は、テーブルの上の幕の内弁当のふたを開けた。

茉莉はぼんやりと友美の胸元を見つめていると、「何よお。人のこと、ジロジロ見てえ。気持ち悪いじゃない」

「別に。何でもないよ」と少しがっかりして答えた。

ふと、優花のバストのサイズに惨《ざん》敗した茉莉は、「ママ、中学生の時、もうオッパイ大きかった？」と聞こうとしたが、白衣の上から見える胸元が貧相だったので、やっぱり、遺伝か、と思って諦《あきら》め、聞くのを止めた。

「茉莉ちゃん、慎一とうまくやってる？」

「まだ、何にもしてないよ」

「うそうそ」と言って友美は怪しむ表情をすると、「じゃあね」と言って茉莉は、居心地の悪さを感じて、二階にある自分の「城」へと向かった。ベッドの上の丁寧に折り畳まれ、ビニールに包まれた制服を机の上に置き替えた。そして、ベッドで仰向けになり、両手を頭の下で組んで、深いため息をつき、どうしても、慎一さんと会いたいのにな、と思った。

茉莉は自分の代わりに、「リリー」に慎一への連絡をつけてもらうという名案を思いついたが、その後、「リリー」とも連絡がつかないままでいた。夏の旅行にでも出掛けてしばらく会えないのかな、と思ったが明日の登校日に微《かす》かな希望を託した。

……次の日、茉莉は無事、リリーと会うことができた。

「ごめん、ごめん。しばらく、海外に行ってて」

とリリーは言った。

「リリーは登校日のこと、忘れてるんじゃないかと思って」

「登校日に合わせて、昨日の夜中に帰国したの。忘れてなんかないよお」

茉莉は久しぶりに見るリリーの素顔を見て改めて、ほんとうに綺麗な顔をしてるな、と思った。続けて茉莉は顔を赤らめ、例の慎一の件を恥しそうに話した。すると、リリーは二つ返事で引き受け、

「私が完璧な計画を立てて、慎一さんとマリをくっつけるよ。まかしといて！」と言った。

——夏休みの一日だけの登校日は午前中で全てを終えた。校長先生の訓話があり、全校生徒が体育館に集まり、昨日は「広島平和記念日」であったため、悲惨な終戦の日の様子を写し出す短編映画を鑑賞した。それから、教室に戻って、夏の水による事故の防止に関することや、特に女生徒の外泊は禁止、夜遅くの外出も禁止、と担任教師は口酸《くちす》っぱく話し、九月一日にはまた元気

な顔を見せてくれるように、と言って、解散となった……。

茉莉と百合の二人は、それから、祖母の自宅へと向かった。百合は茉莉の自宅には何回か、遊びに行ったことがあるが、かつて学校一番の美人だったと噂に聞く「王女」の部屋には足を踏み入れたことがなかったので、何となく浮き浮きした気分になった。百合の自宅は学校を挟んで茉莉とは逆の方向に位置していた。

「ところでマリー、私の絵本、読んでくれた？」

……茉莉は全ての誕生日プレゼントの内容を完全に忘れてしまって、百合の問い掛けで急に思い出した。

「えー！」と百合は急に大声を上げ、少しすねた表情になった。

「ごめんね。すぐに家出しちゃって……」

「えっ、家出したの？」

「そっ。おばあちゃんのとこにね」

「〝王女〟のとこ？」

「そっ」と返事をすると、祖母が自宅の前をホースで水を撒《ま》いている姿が目に映った。茉莉はその場で立ち止まり、おばあーちゃーん、と大声を上げ、大きく手を振った。

祖母は茉莉に気づくと、優しい笑顔を茉莉のほうに向けた。

「あれが、〝王女〟のお母さん？」

「そっ。あれが〝王女〟のママで私のおばあちゃん」

「何か、おばあちゃんにしてはすごい若いね……。何歳くらい？」

「うーん。六十歳くらいかな？　よく知らないけど……。」

茉莉と百合の二人はゆっくりと真夏の道を歩き、祖母のもとへと辿り着いた。

「おばあちゃん、友達、連れてきた。こちら百合さん。今の〝王女〟です」

「何、言ってんのよ、マリー。初めまして、百合です」

「百合さんって、綺麗なお名前ね……。マリちゃんにユリさん、か。本当に二人とも、真夏に咲く〝ジャスミン（茉莉花）の花〟と〝百合の花〟って感じかな？」と言って、祖母はまた優しい笑《え》みを浮かべた。


「さあ、暑いから、二人とも先に、部屋に入ってて」と祖母は水を撒きながら、茉莉と百合に話し掛けた。すると、二人は、

「おじゃましまーす」と、声を揃えるように言って、敷居《しきい》をまたいだ。

茉莉は冷蔵庫の中にある紙パックのりんごジュースを透明な二つのグラスにゆっくりと注いだ。

「勝手に飲んでも、いいのかな？」と百合は少し心配そうな表情をしたが、茉莉は、「いいよ。大丈夫だよ」と言って先に飲み干《ほ》したので、百合はりんごジュースでのどを潤《うるお》した。

「冷たくて、おいしいねっ」と顔を見合せ、小さく微笑んだ。

「ねえねえ、早く〝王女〟の部屋に行こうよ」と百合は茉莉を促した。結局、二人はりんごジュ

ースを二杯飲み干し、二階へと駆け上がった。

「へえー。ここが、〝王女〟の部屋かあ」と言って百合は辺りを見回した。ふいに仏壇が気になって、中を覗いて、そっと、優花の遺影を手に取り、〝王女〟そのものの姿を初めてじっくりと眺めた。

「何か、茉莉にそっくりね」と百合は言った。

「私も最初、そう思った」

「でも、やっぱり、〝王女〟と呼ばれるだけあって、すっごく、可愛いね」

「本当に、可愛い……」

百合は優花の遺影をゆっくりと元の位置に戻し、今日の本題「リリーの計画」について話し始めた。

「……まず、茉莉は慎一さんとまともに話をすることもできないから、今日の夜に私が慎一さんとこに電話するよ。とりあえず、私と茉莉と慎一さんの三人でプールに行こうよ。そこまではOK？　それから、あとは私が邪魔になるので、私の出番は終わり……。それから……」と言って、百合は制服のスカートのポケットをまさぐり、「はい、これ」と手のひらに、ビニール製で正方形のピンク色の切れ端のようなものを乗せた。茉莉は最初、チョコレートかな、と思ったがよく見ると、〝避妊具〟であった。茉莉は人の噂で耳にしただけの実物を、生まれて初めて手に触れてみた。そして、ふと我に還ると、百合はこんなものどこで手に入れたのかな、と思った。

「……えっ、これで？」

「そっ、これで……」

「いきなり……？」

「そっ、いきなり……」

「分かった……。でも、何か、こんなこと、考えもしてなかった……」と言って茉莉はまたピンク色の避妊具を見つめ、これをどこにしまっておこうか、と考えた。机の引き出しに入れて、掃除好きの祖母がふいに見つけ出して、「茉莉ちゃん、何よ、これ？」と質問されたら、答えるすべもない。

……茉莉は考え抜いた末に、筆箱の中にしまって、その筆箱を教科書やノートの間に挟《はさ》んで、学校の鞄の奥深くに入れておこう、と思った。

「……でも、何か、プール行くの、恥しいなあ」

「いきなり、慎一さんに裸、見せるよりもいいと思うけどなあ。プールが恥しいなら、花火、一緒に見に行くのも、いいよね……」

「何か、でも、花火のほうがいいなあ。夜だから暗いし、顔もはっきり見えないから……」

「花火、見に行くほうがいい？」

「それのほうがいいなあ」

「分かった。でも、花火見に行くんだったら、二人でも行けるでしょ。私がついて行ってもいいけど……」

「まあ、その時はその時で……」

……茉莉は心の中で、母親の友美から慎一に連絡をつけてもらうほうが、自然な流れで、慎一さんにも変な迷惑を掛けずに済むんじゃないかな、と感じた。しかし、百合をわざわざ、ここまで招いてるしなあ、とも思った。


「今日は百合がここに泊まりたいって言うから、泊めてもいい？」と茉莉は祖母に話すと、

「いいよ。それじゃ、今日の夜は宅配のピザにでもする？」

「わあ、楽しみ……」と言ったきり、茉莉はまた、二階へと駆け上がった。


〝王女〟の部屋では百合が、もう一度、優花の遺影を仏壇から取り出し、じっと見つめたまま、

「……優花さんて本当に綺麗ね。でもマリー、この写真って、どこで撮ったのかなあ？」と不思議そうにつぶやいた。

「私、知らない……」

一枚の写真に小さな額が二つ集まり、「撮影場所」の議論が交わされた。

「これ、心霊写真だよ」

「えっ。何か写ってるの？」

「マリ、ごめん、何かこの写真、見てたら、頭が割れそうなくらい、痛いんだけど……」

「あっそうか、リリーって霊感、強いもんね」

すると、百合は気絶するようにゆっくりと倒れ、口から透明な液体を吐いた。茉莉は急に怖く

なってきて、その場で大きな悲鳴を上げた……。

……悲鳴に気づいた祖母は急いで、二階へと駆け上がり、百合を看病した。百合は完全に気を失っていて玉のような汗をかき、体に全く力がなかった。祖母は丁寧に百合の制服を脱がせ、茉莉のパジャマに袖《そで》を通させ、茉莉の布団で休ませた。

「おばあちゃん、百合が優花さんの写真見て、心霊写真だって言って、倒れちゃった」

「えっ。これ、心霊写真？」

「百合はどこで撮影されたのかって、すごい気にしてたけど……」

「これはどこかなあ。学校かどこかの公園だと思うけど……」

「百合は前からすごい霊感の強い子で、前にも一度、こんなことがあったの」

「そうなんだー」

……結局、百合が目覚めたのは、真夜中の二時頃だった。百合は急に上体を起こし、ぼんやりとしていた。百合の横には、暑いから、と言って下着のままの茉莉が枕を抱えながら、ぐっすりと眠っている。祖母は百合が倒れてすぐに、百合の両親に電話を掛け、事情を説明し、明日の午前中には、祖母の自宅に百合を迎えに来てくれることを確認していたので、安心していた。しかし、百合が気になって、一晩中、百合の枕元にいた。

「茉莉のおばあちゃん、私、もう帰りたーい」と急に百合はささやき、涙を流した。

「百合ちゃん、もう大丈夫？」

「大丈夫だけど、頭も痛いし、胸も痛いの」

「お水、飲む？」

「ううーん、いらない。茉莉のおばあちゃん、この部屋に優花さん、まだ、いるよ」

「えっ」

「たぶん、私にしか分からないと思うけど」

……祖母は目に涙を浮かべ、

「優花が……」

と絶句《ぜっく》した。

「百合ちゃん、私の優花、どこにいるの？」

「この部屋、全体にいる。口ではうまく表現できないけど」

「百合ちゃん、優花とお話しできる？　おばあちゃん、また、優花とお話ししたいの」

と言って祖母は涙をとめどなく流した。

「私、優花さんの声が聞こえるけど、それを何と言って表現していいのか、分からないの」

「えっ。優花の声が聞こえるの？　百合ちゃん、お願い、教えて。優花は何て言ってるの？」

「茉莉のおばあちゃん、ごめんなさい。私には、どうやって表現していいのか、本当に分からないんです。でも優花さんは何か、言ってる」

祖母はしばらくの間、放心状態で茫然《ぼうぜん》としていた。「優花がここにいる」「優花の声が聞こえる」という百合の嘘偽《うそいつわ》りのない純粋な言葉を耳にし、夢にまで見た優花の吐息を感じてみたかった。そして、もし今、優花と会えるなら、どういう言葉を掛けてあげれば、喜ぶだろう、とふいに考えてしまっていた。

「百合ちゃん、この部屋にまだ、優花がいることは絶対に茉莉には内緒にしておいてね」

「はいっ」と百合は小さく答えると、少し疲れた表現をして、再び体が崩れるように横になった。しばらく、無言で祖母を見つめていたが、次第にゆっくりと瞳を閉じた……。

祖母は百合の無垢な寝顔を見つめ、この子が優花の生まれ変わりなのではないか、とふと感じた。

2

……結局、「リリーの計画」は解体した。茉莉は自力で慎一に電話し、デートの約束をするしか手がなかった。祖母に慎一に電話してもらうように話したが、「やっぱり恥しいわよ」と言って、全く受け付けてくれなかった。そもそも、どう考えても、二十年振りに突然、祖母が慎一に連絡をつける、というのは不自然極りなかった。

ふと茉莉は、百合、大丈夫かな、と思って、電話してみると、元気な声が聞けたので少し安心した。しかし、もう体調を崩した百合に頼むのは気の毒だな、と思った。

……やはり、茉莉は真夜中まで起きていることが、どうしても無理だったので、慎一の休日に当たる次の土曜日の昼頃に、思い切って電話を掛けてみた。しかし、二度ほど掛けてみたが、呼び出し音しかなかった。茉莉は慎一の留守を祖母に話し、残念に思っていたが、しばらくすると、電話があった。最初は誰からの電話なのか、分からなかったが、茉莉は飛びつくようにして、受話器を取り上げた。

電話の相手は案の定、慎一からであったが、最初に何を言えばいいのか、気が動転してうまく言葉が出なかった。すぐそばにいた祖母が、要領を得ない茉莉と電話を替わると、「もしもし、どなたですか……」という慎一の声が聞こえた。

祖母は懐しさで胸がいっぱいになり、

「……優花の母です」と答えた。

「えっ、お母さん。優花のお母さんですか?……。すいません、お母さん、あの、ちょっと僕、気が動転して……。もう一度、すぐに掛け直してもいいですか?……」

慎一はあまりに突然な祖母の電話に言葉がつまった。頭の中が真っ白になり、考えをもう少し整理して、掛け直そうと思った。しかし、なぜ、僕の電話番号を知っているのだろう、と不審に感じたが友美から聞いたんだな、と思った。そして、最初に電話に出た女の子は、ひょっとすると、茉莉ちゃんかな、と思った。茉莉ちゃんが僕に何の用事だろう。何が突然、起こったのか、と慎一は不思議でならなかった。

……もう一度、慎一はリダイヤルで祖母に電話を掛け直した。……そして、祖母は数分で結論を得て、ゆっくりと受話器を元の位置に戻した。——今から二時間くらいして、慎一さんがここに来て、今日の夜は三人で夕食を摂ることになったよ、と平然として茉莉に伝えた。茉莉はどうしても、母親の友美も同席して欲しい気持ちでいっぱいになった。祖母は慎一を懐しく想う面持ちで、身も心も若返ったような感じがして、何となく浮き浮きした気分になっていた。

「今日の夕食は何にしようか?」と問い掛けると、茉莉は祖母を気遣って、「お寿司か何かを配達してもらったら……」と答えた。祖母も余分な手間が省《はぶ》ける分、楽だと思い、そうしよう、と思った。

＊

慎一はここ最近、急に懐しい人達からの突然の連絡が重なり、何かの変な予兆か、と思った。もうひと月《つき》近くも前になるが、友美の自宅に出向いたついでに優花の両親とも一度会って、お詫びをしないといけないと思いつつ、結局は会えなかった。この二十年間、優花の両親へは音沙汰なしで、引け目を感じていたこともあり、慎一は恐しくて、どうしても優花の自宅の呼び鈴さえも押せなかったからである。思えば、優花の両親は、自分の大切な娘を死に至らしめた張本人の慎一に対して、何の咎《とが》めもなかった。おそらく、気立ての良い両親が逆に慎一の心を気遣ってくれた結果だと心から感謝した。

……茉莉はどうしても落ち着かなかった。メイクはいつも母親にしてもらっているため、自分ではどうすることもできなかった。今さら、自宅に戻って、母親にしてもらうのも、かなり変だと思った。自分で試してみて、変な顔になってしまったら、目も当てられない。この際、茉莉はすっぴんを覚悟した。一応、私も優花さんに負けず劣らずの美貌《びぼう》だと鏡を見つめつつ、自画自賛した。

優花さんがどこかの「王女」なら、私は「マリー・アントワネット」だし、名前が同じマリーだからと、「マリークヮント」のお化粧品を愛用している。「マリー・ローランサン」の描く透明な女の子にも、私は似ている、と言いたいところだが、そこまでは茉莉は自分に自信がなかった。しかし、慎一に会えることが何よりも嬉しいはずなのに、何となく、少し怖い感じもした。

祖母は特別、何事もなかったように、部屋の掃除を始めた。しばらくして、急に掃除機の音が止まったと思ったら、茉莉の方にゆっくりと向かってきて、「はい、これ」と言って新聞のちらしを差し出した。ちらしには、「毎年恒例の大花火大会――夏の終わりを美しく彩る大輪の花」と派手な見出しが赤いインクで印刷されている。見出しの下には、稚拙《ちせつ》な花火の咲き誇る絵がいくつも描かれていて、日時は今月の二十六日の七時より、と記載されている。祖母はちょうどその日は、日曜日だから、慎一さんを誘ってみたら、と茉莉に勧めた。

茉莉は花火大会かあ、と「リリーの計画・フェーズ1」をふと思い出し、夏休みも残すところ、あともう半分くらいしかないのかとしみじみと実感した。茉莉は再び、花火大会のことを思い出し、百合が言っていたように、強引にでも慎一を誘い出そう、と考えた。百合が言うには、通常、花火大会に行きたがらない人はあまりいないし、夏だけの最重要イベントでもある。茉莉は良《い》いチャンスを与えてくれた、と祖母に感謝した。

祖母は日頃、勉強や夏休みの宿題について、あまり口うるさく言わない性質《たち》だが、この日に限って、「茉莉ちゃん、夏休みの宿題。大丈夫?」と口にした。茉莉は実際、少し焦《あせ》っていて、その小さな胸を細い針で突き刺されるような想いをした。茉莉は母親の友美には、いつも口答えして、素直に聞き入れることができなかったが、祖母の言うことなら何でも素直に実行できた。慎一が家に来るまでの二時間で、少し夏休みの宿題を片づけようと机に向かったが、自分一人では解けない問題がほとんどだった。勉強の面でも初めて、母親の存在がいかに大きかったことが身に染《し》みた。

やはり、メイクと勉強に関しては逆《さか》らえない、と感じた。茉莉はそう思いつつ、いつの間《ま》にやら、机に伏して、知らないうちに眠ってしまっていた……。

茉莉は聞き覚えのある男性の声で目が覚めた。眠っている間に慎一が家についたのだ、と分かった。しかも、その声もゆっくりと近づきつつあり、二階に向かっている。茉莉は慎一が優花の仏壇を拝みにきたのかな、と思い、急いで身の回りをチェックした。ふと、涎《よだれ》がついた問題集に気づいて、慌《あわ》ててページを閉じた。

＊

慎一は、懐しい優花の部屋のドアを見ただけでも、涙が出てきそうになった。一度、ノックをして、茉莉の返事を確認し、ドアを開けた。慎一のあとには祖母もいる。茉莉は魔物を見るような目付きで、憧《あこが》れの慎一を茫然と見つめ、挨拶を交わした。

慎一は優花の部屋に足を踏み入れた時、既に目を赤くしていて、そのまま、恐る恐る仏壇に向かい、ゆっくりと正座をした。三本の線香を取り出し、ライターで線香に火を点じようとしたが、極度に手が震《ふる》えて、火がつかなかった。何度、試してみても、火を拒んでいるかのように、つかなかった。慎一は、手の震えが治《おさ》まってから、火をつけよう、と線香を一度、戻して、茫然と優花の遺影を見つめ、

「……優花、僕の声が聞こえるか？　君はいまでも、あの頃のように、透明か？」とつぶやいた。

「……あなたは今でも、僕のことを受け止めてくれるか？……。……優花、ごめん。僕は本当に何も知らなかった。本当に知らなかったんだよ……」と大声を上げ、突然、号泣し始めた。祖母も慎一の姿にもらい泣きし、顔を伏せた。茉莉は慎一の言葉の意味が全く理解できなかったが、大の男が大声を上げて泣く姿に自然と涙が流れた。

祖母は正座を崩し、ゆっくりと立ち上がり慎一の背中を摩《さす》った。

……しばらくして、慎一は涙をハンカチで拭《ぬぐ》い、仏壇の優花の遺影をぼんやりと見つめた。そして、何かを思い出したように、手元のポーチから、ビニールで包んだ黄ばんだ手紙らしいものを遺影の横に置き、手を合わせ、

「……優花。もうすぐ会えるよ。それまでは待っててくれな……」

と話し掛けた。

祖母もハンカチで涙を抑《おさ》え、

「優花、よかったね。あなたが一番、会いたかった人が二十年掛かって、やっと会いに来てくれたね」

と優花の遺影に微笑んだ。茉莉には二人の間に入るすきもなく、その状況の意味が分からないまでも、何か美しく古い映画の一シーンを見ているような気分になった。

慎一は急に立ち上がり、部屋を見回した。優花が大切に使っていたピアノも、幼い頃から愛読していた世界の童話全集もそのままの状態で置かれていた。優花の机の上の慎一と優花の中学生当時の写真を見つめた。写真立ての横の蝶々の形をしたガラスの空《から》の入れ物に目を奪われた。

「これは、あの時のものか」と手に取り、ガラスの入れ物をじっと見つめ、あの十四歳のクリスマスの時にプレゼントしたものにちがいない、と思った。慎一はしばらく見つめているうち、あのクリスマスの夜の情景が瞼《まぶた》に浮かんだ……。あの頃、ただ、性行為を経験したいばかりに、行為に恐れ、嫌がる優花を無理矢理、誘惑してしまった。そもそもそれが二人の不幸の始まりだっ

た。お互いが性に対して全くの無知だったのに、ただ興味本位で、純粋に二人が一つになりたいばかりに、こんなことになってしまって、今の今まで苦しみ続けてきた。もし、優花が生きていたら、今の僕に何て言うだろうか。「もう、ばかね」とすねた顔をして、「性行為を玩《もてあそ》んでいることの罰だっ」と口にするだろうな、と慎一は心の中でふと感じた。

3

「……本当にお母さんがお元気で何よりです」

と慎一は祖母に話した。二十年近くも優花に線香を上げに来なかったことや、何の音沙汰もなかったことを何度も詫びた。慎一は優花の家に足を踏み入れること自体が怖かったし、優花の仏壇なんて見たくもなかったし、信じたくもなかった、と話した。しかし、本音を言えば、優花の両親が敷居を跨《また》がせてくれないだろうな、と思い込んでいたことを正直に話した。

祖母は、

「そんなことないですよ。慎一さんはいつか、来てくれるものだと信じてましたよ」

と優しく微笑んだ。

慎一は椅子の上に、胡座《あぐら》をかいたままの茉莉の方を振り向き、少し申し訳なさそうな表情をして、

「茉莉ちゃん、ちょっと、おばあちゃんとだけで話したいことが、あるんだ。少しだけ、席を外

してくれないかな」

と言った。茉莉は少しすねた表情をしたが、慎一に従い、ゆっくりと一階に降りた。

「……お母さん、一ヶ月くらい前に初めて友美から聞いたことですけど、優花は本当に妊娠してたんですか？　今だから、言えることですけど……」

「私もあとから友美に聞いたんですけど、はっきりとは断言できません」

「想像妊娠ですか？……ああ、もう、こんな話は止めましょう。僕から話を切り出したのに、すいません……」

「でも、慎一さん。慎一さんにこんなこと言うの、ちょっとおかしいことかもしれないけど、私は友美と優花の二人を一緒に私の手で育てたかった。父親の古い考え一存で、双子は一緒に育つのは二人のために良くない、と言って、別々になってしまったのよ。今から考えるとおかしな話だけど……。でも結果的に別々になったから、こんなになってしまったと思ってるの。友美も優花も小さい頃から、いつも二人一緒にいて、離れ離れになってしまったら、優花は悲しそうに泣いて言うの「ねぇ、ママ、どうして、友美ちゃんと一緒に住めないの？　双子なのに……」そう聞かれると、すごく悲しかった。私も小さい頃の優花にうまく説明できなかったから、余計に悲しかったわ。二人が生まれた時に父にあんなこと、言われても、私の産んだ大切な友美と優花は、何があっても、私、一人の手で育てます、ときっぱり言い切れたら、優花もこんなにはならなかったんじゃないかと思います。それが今でも残念で残念で、しようがないんです……」

と言って涙を流した。

「確かに友美と優花の二人は、僕が小学校の二年生の時に転校してきた折りにも、本当にいつも、二人、仲良く手をつないでいましたからね」

「もし、二人がこの家の中で、仲良く一緒に暮らしてたら、私に言えないことも、二人で解決できたと思うの。姉妹ってそんなものだと思うし、中学生くらいの思春期になると、親よりも同性の友達や兄弟姉妹の方が大事だし、友達の言うことをそのまま、信じ込んでしまいますからね」

「僕は当時、端《はた》から見ていて、友美と優花の二人は、親友とか姉妹とかと言うより、やっぱり、双子なんだな、といつも思ってました。二人で一つだから、親友や姉妹以上の深い関係って感じでした。それは、当時の二人の周りにいた友達はみんな、感じてましたよ」

「何か、悲しい限りね……。

慎一さん。あなたは本当に立派になったわ。でもちょっと酷な言い方かもしれないけど、これからのあなたの人生にとって、優花のことはもう、マイナスになるように思うの。だから、もう優花のことは忘れてくださいね」

「……」

「ところで、〝優しい花は永遠に枯れない〟って言葉、覚えていらっしゃる?」

「ああ、それは当時、僕が優花に話したことです」

「その言葉の深い意味合いが、この二十年の私の強い心の支えになったんです」

「でも、何か、今となっては皮肉みたいで嫌ですね」

「でも、慎一さん。もし、すべての花に意志があるとしたら、それは〝優しさ〟です。それだけはずっと忘れないでいて欲しいの……」

「はい、分かりました」

と慎一は乾いた返事をし、席を立った。


一階では茉莉がソファの上で寝ころび、女性雑誌に目を通していた。慎一に、

「茉莉ちゃん、ごめんね」

と背後から声を掛けられ、「何だ、本当にちょっとだなあ」と茉莉は思った。

祖母は、

「慎一さん、もう結婚されてるの？」

と聞いた。横から、茉莉が少し怒った様子で、

「まだ、してないよ」

と答えた。すると、

「そうね。茉莉ちゃんは慎一さんのことが大好きだもんねっ」

と祖母に図星をさされ、急に顔を赤らめ、下を向いたが、心の中では祖母に感謝した。

すぐさま慎一は、

「僕はまだ結婚してないですけど、当面は考えてないです。仕事が恋人ですから……」

と率直に答えると、茉莉は少し嫌な気分になった。

しばらくは、祖母と慎一との懐しい昔話が続いたが、茉莉にとっては何の話なのか、さっぱり理解できなかった。慎一や祖母に質問すること自体もできなかった。茉莉の耳には、やたらに、「懐しい」という言葉が変に耳についた。茉莉は二人の会話に間ができた時、「懐しい」ってどういう感じですか、と慎一に質問してみた。

「茉莉ちゃんだったら、幼稚園くらいのことかな、その当時のことをどう思う？」

と言った。

茉莉は少し考え、

「うーん、あんまりうまく説明できない……」

と答えた。

「それと同じだよ」

と言って慎一は白い歯を見せた。

慎一は茉莉が母親の友美と口げんかをしているのを気にしていて、

「もう、お母さんとは仲直りした？」

と聞いた。茉莉は少し表情を曇らせ、「少しね」と答えた。慎一は例の喫茶店での「オムライス事件」の真相を事細かに説明し始めた。事の張本人である慎一が証言しているため、茉莉は信じるしかなかったが、もう時間が大分《だいぶ》、経《た》ってしまっているので、もうどうでもいいや、と思った。

ふと、茉莉は慎一と接していて、少しずつ打ち解けてきている自分自身に気づいた。そばにいて、慎一の横顔を見ているだけで、嬉しい気分になって、時間が過ぎるのを忘れた。茉莉はこれが、恋か、と初めて知った。

「慎一さん、あと二週間したら、花火大会があるんですけど……」

と茉莉は言った。

「慎一さん、茉莉を連れていってあげてくださいよ……」

と祖母が口にすると、茉莉は祖母を神様のように感じて、母親の友美とは全く別の人種だな、と思った。

「いいですよ。いつですか?」

「再来週の土曜日。二十六日です」

「分かった。連れてってあげるよ」

茉莉は生まれて初めて、望みが叶うことがこんなにも嬉しいことなんだ、と感じた。

……茉莉は慎一に対して、より積極的に言葉を掛けた。母親の友美のこと、優花のこと、会社のこと、私生活のこと、趣味のこと……。茉莉にとっては、ただ楽しいだけの時間が流れた。

祖母は二人の会話を微笑《ほほえ》ましいものとして、耳を傾け、慎一に懐しいものを見せてあげましょうか、と言って席を立ち、二階へ上がった。しばらくして、祖母は少し大きめの箱を抱《かか》え、戻ってきた。慎一は箱の中身が何か、と不思議に思ったが、茉莉はもう少しのところで、これは手紙のたくさん詰まった宝の箱です、と口からこぼれ落ちそうだった。慎一は箱を手渡され、そっと箱のふたを開けてみると、色の淡い落葉のような手紙が中から溢れ出てきそうだった。一つ一つの封筒を手に取ってみると、慎一から優花へ送った手紙や、優花が間違ったり書き直したりしている手紙も多く散見された。慎一はふと、優花が間違って丸めた黄ばんだ手紙が気になった。永遠に腐ることを忘れてしまっている小さなみかんのような手紙だった。慎一はゆっくりと破れないように、手紙を少しずつ広げた。茉莉は冷や冷やしながら、慎一の手元を見つめた。

——慎一、私、怖いよ。助けて。誰にもこんなこと、口が裂けても言えない。もう、死にたい——。

慎一は最初の部分に目を通しただけでも、苦しくなってきた。十四歳の美しい少女の悲痛な想いを痛いくらい感じた。病気や不慮の事故なんかで命を落としてしまうなら、納得も行くが、この世にこんな悲しい結末が存在するのか、と慎一は悲しみを隠せず、また少し涙を流した。

慎一は涙を拭《ぬぐ》い、祖母に明るい表情で、

「この手紙、僕にください」

とお願いしたが、

「その箱のもの全部、持って帰って。慎一さんにずっと大切にしてもらいたいの」

と祖母は言った。慎一は祖母に感謝し、箱のふたを閉め、部屋の隅に置いた。

……茉莉は心の中でもっと、もっと積極的に、と自分自身に言い聞かせ、

「今日、慎一さんのところに行って、一晩かけて、慎一さんの絵を描きたいな」

と口にした。祖母の方にも振り向き、願いを込めて、両手を合わせた
「おばあちゃんはいいけど、慎一さんに迷惑掛けるよ」

と言った。茉莉は、慎一の承諾の言葉を心の底から期待したが、少し話しにくそうにして、

「茉莉ちゃんも、一応、大人の女性なんだから、止めたほうがいいと思うけど……」

と微笑んだ。

祖母は茉莉の慎一に対する真剣な目差しに、十八歳の時の友美を思い出した。友美も当時、二十歳くらいの年の差の男性と恋に落ちた。相手の男性よりもむしろ友美の方が積極的だった。茉莉は完全に親の血を引いているな、と感じた。

……結局、慎一は茉莉があまりにしつこいので、茉莉の願いを受けざるを得なくなった。

慎一はふと、優花の父親の不在が気になって、

「お父さんは、まだ、お勤めですか？」

と祖母に聞くと、

「おじいちゃんは今、北海道に旅行に行ってるよ。私も夏休みが始まった時から、ここにいるけど、二、三日しかおじいちゃんに会ってないの」

と茉莉が祖母の代弁をした。優花の父親と会えないのも、何かの巡り合わせだ、と慎一は残念に思った。

その夜、祖母は、

「今日は茉莉と私の二人だけだから、慎一さんも泊まっていったら」

と勧めた。慎一は特別、用事がなかったので、どちらでも良かったが、自宅に帰ろうとしても、茉莉がついて来そうなので、祖母の言うことに素直に従った。それから、祖母は優花の部屋とその隣の部屋とに一枚ずつ、布団を敷き、

「あとは仲良くやりなよ」

と言って、一階へと消えた。

〝眠り姫〟の茉莉はいつも夜の九時を過ぎると、催眠術にかかったように、忽然《こつぜん》と眠ってしまっていたが、今日に限っては、九時を過ぎても、その大きな瞳はぱっちりと見開かれていた。慎一と茉莉はしばらくの間、優花の部屋で話を続けた。

「あんまり、二人で永くいるとおばあちゃんに怪しまれるから、もうそろそろ、僕、隣の部屋で休むよ」

と慎一が立ち掛けたところで、茉莉は慎一の左腕を引っぱり、

「慎一さん、最後にどうしても、教えてほしいことがあるの……」

と言った。

「……何？」

「ねえ、慎一さん。優花さんは心臓病で亡くなったって、ママもおばあちゃんも言ってるけど、学校の噂では自殺したんじゃないかって、言われてるけど、ほんと？　どっちがほんとなの？」

「……」

慎一はあまりに図星な質問で言葉に詰まり、ふと友美の忠告を思い返した。

「じつは……」

「じつは？　何？」

「そうだよ。自殺だよ。でも間接的には僕が優花を殺してしまった」

「えっ、何？　慎一さん、それ、どういうこと？」

慎一は友美からも口止めされている事実を嘘偽りなく、全てを茉莉に話した。真実を聞いた茉莉は、

「優花さんも慎一さんもかわいそう」

と涙を流し、両手で顔を覆った。


「茉莉ちゃん、大丈夫？」

と言って、慎一は背中をゆっくりと摩《さす》った。

「大丈夫。でも、慎一さん。私、優花さんの気持ち、よく分かる。すごくよく分かる。好きな人には絶対に見られたくない姿ってあるもんね。それが妊婦の姿だったなんて、私も、絶対、嫌。私がもし、優花さんだったら、同じことしてるな」

「おいおい、よせよ」

「でも、お互いが好きでしょうがなくて、純粋に一つになりたいって思ったら、心だけじゃなく

て、体も一つになりたいもんね」

「茉莉ちゃんも大人みたいなこと言うなあ」

「まあね……」

茉莉はふと、「リリーの計画・フェーズⅡ」を思い出し、学校の鞄の中をさぐり始めた。しかし、肝心の筆箱がどうしても見つからなかった。あたりを見回し、ふと今日の昼に宿題をしてかけていた時に、問題集と一緒に鞄から取り出したのを思い出して、机を見ると、筆箱のふたを開けた状態で、誰の目にも気づく場所にそれと分かるものを見つけ出した。茉莉はそのピンク色で覆われた避妊具を無言で慎一の目の前に突き出した。

「私は誰が何を言おうと、慎一さんのことが好きなんです。私は生まれた時からパパっていうものを知らなくて、ずっと淋《さび》しかったけど、慎一さんを初めて見たときから、私のパパになってほしいなってずっと思ってたら、何か、好きになってしまいました……。これで、私を大人の女性にしてください。私、慎一さんと結婚したい……」

「……茉莉ちゃんがもっと大きくなったら、結婚してあげるよ。それまで、これはおあずけだ」

と言って慎一は避妊具を筆箱の中に仕舞った。

「どうして？　どうして優花さんにはできて、私にはしてくれないの？」

「今、茉莉ちゃんとしてしまうと、優花と同じような道を歩んでしまうような気がして怖《こわ》いんだ」

「嘘だっ。茉莉のことに魅力を感じないから、しないんでしょ？」

「そんなことはない！　茉莉ちゃんは十分に綺麗だし、魅力的だよ……」

「そんなら、やってよ」

「……」慎一は茉莉の純真な目差しに哀しみを覚え、極度に困惑した。今までのように痛々しく哀しい過去（優花）を引きずっていくべきか、それとも、きっぱりと過去を捨てて、明るく楽しい現実（茉莉）を受け入れるべきか、と。

……それからの慎一は、理性を失い、危険な渇きを癒《いや》した。搾《しぼ》りたてのグレープフルーツジュースのような茉莉の裸体が、慎一の目の前に現《あらわ》れ、剥《む》き出しの果実のような裸体が横たわった。その上に、真夜中の密室に閉じ込められているという状況で、慎一の体中に獣にも似た熱い血が流れた。

慎一は当初、この部屋は元々、優花との想い出の部屋であり、何となく優花の甘い大きな瞳に終始、見つめられているような感じもしていたが、それも次第に薄れ、無意識に近い状況に陥り、後戻りできない状態になった。

……行為を終え、茉莉は恥じらいがないのか、それとも既に恥じらいを通り越えてしまっているのか、天使のような朗らかな微笑を浮かべ、裸のまま、慎一を見つめ、

「慎一さん、ありがとう。慎一さんのおかげで大人になれた」

と口にした。慎一はふと、あの頃の忘れかけていた淡い優花の裸体の記憶が脳裏に浮かび、あ

の頃の優花の口癖だった性行為に対する罪の意識を今、目の当たりに強く感じた。

入り乱れたシーツのしわが幾本もの複雑な曲線を描き、慎一の心の惑いを、鮮明に表わしていた……。

第十章　カラフルなパラレル

1

花火大会当日の朝、茉莉は蒸し暑い部屋の窓から、茫然と空を見つめ、自己の不運を思った。折りしも、台風が推し量ったように到来し、大輪の花もただ無意味で暴力的な風や雨のために、開花を邪魔された。茉莉はたった一度、夜にしか咲かない色とりどりの花火の様相を心に思い浮かべた。しかし、心の中で咲き乱れる花火の、ひな型は茉莉にとって、小さな造花のようで迫力に欠けたものにしか過ぎなかった。

祖母は茉莉の布団を押し入れに仕舞いながら、冗談めかしく、日頃の行《おこな》いが悪いからよ、と口にしたが、茉莉は今までの日常生活を振り返ってみても、夏休みの宿題をまじめに取り組んでいないこと以外に、全然、心当たりがなかった。ふと、茉莉は母親の友美との「冷たい戦争」を思い浮かべ、親に反抗しているからかな、と思った。

一方、母親の友美は、ほぼ毎日のように、祖母へ茉莉に夏休みの宿題と受験準備の勉強をさせるように、と電話攻撃をしている。受話器から、友美の怒り狂った顔が飛び出してきそうなほどの勢いであった。しかし、祖母のところで、友美の強烈な電話攻撃も完全に遮断《しゃだん》されていて、茉莉の耳元までは届いて来なかったが、友美からの電話をそばで聞いていて、何となく、友美の胸の内を感じ取った。しかし、祖母は一度だけ、「茉莉ちゃん、夏休みの宿題、大丈夫？」と言ったきり、不思議なくらいに茉莉に対して、「勉強」の一言も、「宿題」の一言も口にせず、遊びの話しか、持ち掛けてこなかった。

夏休みも残すところ、あと十日を切り、一週間近くになってくると、さすがの茉莉でも焦《あせ》る気持ちが突然、心の奥底から湧き出てきた。茉莉は同じクラスの「秀才三人組」に解答を丸写しさせてもらおうか、と思いついたが、肌の合わない「秀才三人組」とは日頃、親しく接していないため、いきなり、「夏休みの宿題、丸写しさせてくれる？」と話を切り出すのも不自然だし、変な感じがした。本音を言えば、あまり「秀才」たちとは接したくなかったし、借りを作りたくなかった。あのどことなく、人を見下したような口調は、母親の友美とどこか、よく似ていた。

しかし、茉莉は極度に困惑した。気は若いが旅行と遊ぶことしか頭の中にはない祖母に宿題の話を持ち掛けても、返ってくる答えは簡単に予想できたし、もともと、祖母には、「知性ある雰囲気」が微塵《みじん》も感じられなかった。

茉莉はふと、慎一のことを思い浮かべた。慎一とはあれ以来、会っていないし、言葉も交わしていない。一時的には、慎一に対して、積極的で大胆に出られたが、慎一と会わない空白の時間が過ぎるたび、少しずつ、尻込みしてしまい、初めて出会った頃の気持ちに後戻りしてしまっていた。こと、慎一とのあの大人びた行為で結ばれたあとでは、より一層、会うことも言葉を交わすことも怖いものに感じた。茉莉はあの行為以来、自分自身が慎一に所有されているような心地良い戸惑いを感じたが、言葉では説明できないぼんやりとした不安も感じた。それでも、茉莉は一心に慎一からの電話を待ち続けた……。

今日は花火大会当日なので、慎一からの何らかの連絡があるので、茉莉は気分的に朝から浮き浮きしていたが、逆に花火大会を口実に勇気を振り絞って、自分から電話してみようかな、と思ったが、どうしても恥かしいし、怖かった。かつての病いに冒され、受話器を手にしたにも拘らず、手が震えて、ダイヤルの数字がうまくなぞれなかった。茉莉はそもそも、顔の見えない相手に感情を伝えるという「電話」がどうしても苦手だった。

茉莉は直接、慎一のマンションに出向いてみようかな、と思ったが、外の傘が差せないくらいの強烈な雨風に、想いを断念した。茉莉は仕方なく、慎一からの電話を待ち続け、再び、自己の不運を思った。

しかし、しばらくして、祖母は笑みを浮かべ、茉莉に朗報を伝えた。この台風も夕方には、都心の空から夾雑物《きょうざつぶつ》とともに過ぎ去り、純粋な夜空になるという知らせであった。茉莉は祖母の朗報を耳にし、自己の幸運を思った。しかし、午後になってからも、慎一からの電話がないのを不安に思った。

……思えば、この一週間は全く連絡がなかった。先週の土曜日に、祖母が慎一へのお詫びの電話をしたついでに、茉莉は「元気ですか?」とつぶやき、慎一も、「茉莉ちゃんは?」と一言だけの言葉を交わした。茉莉はその一言が聞けただけでも、嬉しかった。何となく、体が浮いているような感じがした。


茉莉は勇気を出して、もう一度、慎一の自宅に電話してみようかな、と思った。今度はなぜか、事がスムーズに運び、すぐに応答の返事があった。しかし、今まで茉莉が耳にしたことのない年配の男性の声だったので、

「すいません、番号、間違えたました」

と伝えたが、その年配の男性は「いや、間違いじゃないですよ」と答え、手慣れた口調で自分自身が警察であることと事件を細かに説明した。茉莉は驚愕し、体の中で透明なガラスが激しく割れる音を聞いた。

＊

――慎一は二日前に、自宅のマンションから飛び降り、自殺していた……。

茉莉は自分の耳を疑い、急に気分が悪くなってきて、その場にゆっくりと倒れ、嘔吐《おうと》した。ちょうど、二階からゆっくりと下りてきた祖母は、茉莉の苦しむ姿に驚き、慌《あわ》てた。

「茉莉ちゃん、どうしたの！　大丈夫?・」と小さな肩に触れると、氷のように冷たかった。茉莉は倒れたままで、ゆっくりと首を左右に振った。祖母は電話が繋がっていることに気づき、茉莉の代わりに、話を続けた。祖母も話す内容を耳にし、驚きの色を隠せず、目に涙を溢れさせながら、警察官の話を聞き入れた。

話の主旨が摑めた祖母は一度、電話を切って、冷静に茉莉の看病を行った。祖母は倒れたままで、微動だにしない茉莉の身体《からだ》を楽な姿勢へと移し替え、もしものことを起こさないように、と口の中にゆっくりと小さなタオルを詰めた。氷枕も用意したが、茉莉の身体はまだ凍ったように冷たく、額には真珠のような玉の汗が張りついていた。

しばらくして、茉莉はゆっくりと上体を起こし、力のない声で、

「ねえ、おばあちゃん。ママに会いたい……」

と言った。祖母も気が動転していて、友美に連絡しなければいけないことを完全に忘れていた。

祖母は急いで、友美に電話を掛けると、友美も突然の出来事に強烈な悲鳴を上げた。途中から声さえも出なくなり、一度、電話を切った。祖母はその後の友美の姿も茉莉と重ね合わせて想像した。

……祖母は茉莉が少し落ち着きを取り戻してきたため、一度、友美の両親に茉莉の看病をして

もらい、友美と二人で慎一の遺体が安置されている病院に向かうために、自宅の前にタクシーを呼ぶ電話を掛けた。茉莉はどうにか、自力で座っていられるくらいまでに回復した。

「おばあちゃん。私、本当に慎一さんが好きだったのに……。ねえ、どうして？」と口にすると、茉莉はゆっくりと倒れて横になり、また、大粒の涙を流した。

「おばあちゃんにも、分からないよ。優花が嫉妬《しっと》したのかな？」

「おばあちゃん、変なこと言わないでよ。もう怒るよ」と言って茉莉は口を尖らせた。

「ごめん、ごめん。茉莉ちゃん、もう大丈夫？」

「……」茉莉はすねた表情で何も答えなかった。

しばらくして、タクシーが自宅の前に停まる音がしたので、祖母はまだ、顔面蒼白の茉莉の身体を背負い、後部席へと導き、祖母も茉莉を庇《かば》うようにして、その横に腰掛けた。祖母は友美の自宅の住所をタクシーの運転手に伝え、一度、その前で停まってもらって、病院へ行くように頼んだ。友美の自宅の前には五分と掛からずに到着し、祖母はすぐに呼び鈴を鳴らした。

すると、うす闇の中から現われた友美も茉莉同様に顔面が蒼白《そうはく》で目を真っ赤にさせて、茉莉の安否を気遣った。茉莉は、おぼろ気《げ》な視野の中に会いたくて仕様がなかった母親の姿を見て、急に生気が蘇った。

「ママァー、もう、嫌いだー」とささやくように口にすると、変に安心してしまって、そのまま深い眠りについた。友美と祖母の二人で茉莉の身体を抱え、二階にある茉莉の部屋のベッドに寝付かせ、その後の看病は友美の両親である先生夫婦に任《まか》せた。先生も悲痛な表情をして、友美と

祖母に、

「茉莉ちゃんが落ち着いたら、あとで、僕も病院に行くから……」

と言った。

友美は先生に蒼白な顔を向け、無言で返事をして、ゆっくりとタクシーに乗り込んだ。タクシーはすぐに病院へと急ぎ、濃い闇の中へと消えて行った。

……祖母はタクシーのデジタル時計が表示する時刻を見つめ、もうこんな時間か、と思った。もう時刻は既に夜の七時を回っていた。

「でもお母さん、慎一……、どうして？

一ヵ月前にうちに来て、全然そんな感じ、しなかったけど……。

私が優花の本当のことを言ったからかなあ」

「何、言ったの？」

「妊娠してたこと……。言わないで、そのままにしてたほうが、よかったのかなあ」

「でも、いつかは慎一さんも知ることになると思うし、もっと早く伝えてあげるべきだったと思うよ」

「そうよね。優花は本当は私じゃなくて、慎一に想いを伝えたかったからね」

「そうよ」

と言って、祖母は外でパトカーが数珠《じゅず》つなぎで停っている光景を、ぼんやりと見つめた。

「でも、友美。慎一さんには気の毒だと思うけど、私はこれでよかったんじゃないか、と思うの……」

「どうしてー？」

「二週間前にうちに来て、慎一さんが優花の仏壇を見た時、号泣したのよ。あの感じだと、慎一さんは、優花が死んでからも、ずっと優花のこと、好きでいたんじゃないかな……」

と言って涙を流した。

「お母さん、そんなこと、言わないでよ……。ほんと、悲しいよ……」

「ごめんね。そんなこと言ったら、やっぱり、慎一さんに気の毒ね……」

しばらくして、祖母は「でも、友美。今、専門家になって、どう？　優花はやっぱり妊娠してたと思う？」

と突然、言った。

「うーん、実際に診察してないから、どうとも言えないけど……」

「私は優花の単なる思い込みかもしれないな、と思ってるの」

「優花は思い込みが強かったからね……。思い込みが強いうえに優柔不断だったから、自分でも、訳分からなかったんじゃないかな。みんなに『王女』とあだなをつけられて、もう自分では童話の主人公みたいに思ってたからね」

「優花は小さい頃からずっと中学生になっても童話が好きだったから、童話の世界に行ったのかな？　そっちの方が居心地がいいって……」

「そうかもしれないね」

と言って友美は優しく微笑んだ。

＊

……祖母と友美は慎一の遺体が安置されている病室に足を踏み入れ、白い布で覆われた慎一の姿を見つめた。祖母はあの時の優花を思い出し、友美は祖母の背中で泣き崩れ、慎一の死とともに、楽しかった中学生の頃までの懐しい想い出も一緒に壊れたような気がした。

「お母さん、私、嫌だー」

と言って友美は、祖母の背中を何度も叩いた。


友美は既に初老になっていた慎一の両親と小さな子供を抱えた慎一の妹に、およそ二十年振りに再会した。最初は、お互い誰なのか、よく分からなかったが、面影《おもかげ》は当時のままであった。慎一の両親も同様で、すぐには友美だと気づかなかった。

「お父さん、お母さん、友美です」

「あら、友美さん。何か綺麗になって」

「二十年振りですね」

「そうですね。でも嫌な再会ね」

と言った慎一の母親は泣き疲れた表情をしていた……。

2

……病院の院内放送が、友美の名を執拗《しつよう》に呼び出しているのが、聞こえた。友美は緊急のことで、茉莉に何かがあったのか、と心配し、急いで同じ階のナースステーションの電話口へと向かった。電話口に出た声は幸いにも自宅からのものではなく、あの警察官の声であった。

「……今、いろいろ、取り調べを行っておりまして。あなたは友美さんですか」

「はい、そうです」

「今、慎一さんの自宅の電話の着信の履歴を調べてますと、最近よく電話なさっているので、あなたの自宅に電話を掛けてみましたら、病院に向かった、とお母さんがおっしゃってたので……」

「あー、そうなんですか」

「何点か、質問させてもらいますけど、よろしいですか」

「はい、どうぞ」

「……優花さんという女性をあなたは御存知ですか」

「優花というのは、二十年前に亡くなった私の双子の妹ですが……」

「そうですか……」

と警察官が答えると、慎一の遺書らしきものが見つかったと言って、書いているとおり、文章を読み上げた。

——優花、僕はどうしてもあなたに会いたい。あなたが不在となっての二十年間もずっと思い続けていた。周りにあなたと似ている人がいても、やっぱり、優花じゃないとだめだな、と思ってしまう。でも、それも当然の話だね。僕は小学校の二年生の時に、初めて会った時に人形のような瞳をしたあなたが好きになって、あなたをずっと追いかけてきた。でも、あなたは美しく生まれてきたのに、勝手に何でも自分で決めて、あんなこと、してしまって。

死んでしまうってことの意味が分かっていたのか？　でも、優花、君も苦しかったんだろう？　人一倍、外見を気にするあなたのことだから、「王女の崩壊」がどうしても嫌だったんだろう？

でも優花、僕はあなたに謝まらないといけない。僕は、君の幻を愛し、十四歳の無垢な少女と関係を持ってしまった。僕はあなたがいなくなって、友美の言う「あなたの生まれ変わり」を信じた。あなたの「生まれ変わり」を見つめていると、あなた自身を想っているのか、あなたの「生まれ変わり」を想っているのか、分からなくなってきた。でも僕は本当にあなたしか、心の中にないのに罪を犯してしまった。

あなたがあの頃に強く感じた性行為に対する罪の意識を僕は今、この年齢《とし》で初めて感じた。でも、優花、校舎の屋上から飛び降りるなんて、怖くなかったか？　あなたがその時に感じた同じ怖さを今、僕も感じたい。だって、僕と君とは物心ついた時から、いつも一緒だったから。だから、僕はあなたにもう一度会って、あなたの目の前で謝りたい。早くあなたのもとに行きたい……。

友美は慎一の言葉に涙が溢《あふ》れ、慎一の心の全てを悟ったような気がした。執拗に質問してくる警官の言葉も、もう耳には入らなかった。

＊

……友美は萎《な》えた感情をどうしても抑えることができず、一人、屋上に立った。心の中とはうらはらに、台風の去ったあとの嫌らしいほどに鮮明な星空を眺めた。遠くで、微《かす》かに唸《うな》る大砲のような花火の咲き乱れる音が聞こえ、いくつもの吹き上がる色とりどりの小さな光の輪をぼんやりと見つめた。友美は慎一には気の毒だけど、祖母の言うとおり、今頃は優花との念願の再会を果せたのなら、これでよかったのかもしれない、とふと感じた。

しばらくの間、友美は遠くで花開く花火の小さな光の輪を見つめていると、その小さな光の輪の一つ一つが、麗らかな春に浮いたように飛ぶ蝶々のように見えてきて、一番《ひとつがい》の蝶々のようだった慎一と優花の幼い頃の面影がその瞼に浮かんだ。しかし、その美しい一番の蝶々も、もう既にこの世にいなくなってしまったことを思うと、自然と涙が流れた。そして、友美は今時《いまどき》、恰好悪いけど、茉莉のため、いや、自分のために生きてゆきたい、そう強く思った。

著者プロフィール

坪下 令 (つぼした れい)

1967(昭和42)年 大阪府堺市に生まれる
中学1年の頃に文学好きの祖母の影響で、シェイクスピア、夏目漱石、日本の古典文学を学び、中学3年生の頃より短編小説を書き始める
現在、東京在住、会社員

優しい花

2005年3月15日 初版第1刷発行
2005年8月15日 初版第2刷発行

著 者 坪下 令
発行者 瓜谷 綱延
発行所 株式会社文芸社
〒160-0022 東京都新宿区新宿1-10-1
電話 03-5369-3060（編集）
03-5369-2299（販売）

印刷所 株式会社平河工業社

ISBN4-8355-8774-X